精装典藏本

毕淑敏文集

第7卷·——07

女人之约

毕淑敏 | 著

CNS
湖南文艺出版社
HUNAN LITERATURE AND ART PUBLISHING HOUSE
博集天卷
CS-BOOKY

图书在版编目（CIP）数据

女人之约：精装典藏本 / 毕淑敏著 . — 长沙：湖南文艺出版社，2014.11
（毕淑敏文集 . 第 7 卷）
ISBN 978-7-5404-6934-4

Ⅰ . ①女… Ⅱ . ①毕… Ⅲ . ①中篇小说—小说集—中国—当代②短篇小说—小说集—中国—当代 Ⅳ . ① I247.7

中国版本图书馆 CIP 数据核字（2014）第 237399 号

上架建议：名家经典 · 小说

毕淑敏文集 . 第 7 卷
女人之约：精装典藏本

作　　者：毕淑敏
出 版 人：刘清华
责任编辑：薛　健　刘诗哲
监　　制：蔡明菲　潘　良
特约策划：董晓磊
特约编辑：张思北
封面设计：姜利锐
版式设计：李　洁
内文排版：百朗文化
出版发行：湖南文艺出版社
（长沙市雨花区东二环一段 508 号　邮编：410014）
网　　址：www.hnwy.net
印　　刷：北京鹏润伟业印刷有限公司
经　　销：新华书店
开　　本：787mm × 1092mm　1/16
字　　数：130 千字
印　　张：13.5
版　　次：2014 年 11 月第 1 版
印　　次：2014 年 11 月第 1 次印刷
书　　号：ISBN 978-7-5404-6934-4
定　　价：42.00 元
（若有质量问题，请致电质量监督电话：010-84409925）

毕淑敏文集

目录
Contents

紫花布幔

一

这封信，真难措辞。梁阿宁写好后，交给丈夫沈建树，焦急地等着反应。

沈建树看得很慢。

尊敬的伯父、伯母：

您们好！

我是您们的侄女梁阿宁，常听父亲谈起您们和老家的事，觉得很亲切。以后有时间，一定回去探望您们。

不知老家今年收成怎么样？我的堂兄弟、堂姐妹们都好吗？我很想念他们。

有一件事，想同您们商量：我有了一个男孩，现在快半岁了，找不到托儿所，双方的老人也没有精力帮我带。我马上就要上班，这件事太难办了。不知家中的堂姐妹们，可愿意到北京看看，顺便帮我照顾一下孩子？

爸爸常说起家乡人的淳朴和热心，我想，您们一定不会叫我们失望的。

哪位堂姐妹来，请事先通知我，我到火车站去接她。

……

“怎么样？”梁阿宁问。

“还行。事情说清楚了。只是这么多年从没跟人家打过交道，临时抱佛脚，行吗？”沈建树没多大把握地说。

这正是梁阿宁心中顾虑的。父亲在老家只有这一个哥哥了，多少年不曾回去，也极少在言谈中提到家乡。阿宁从没有回过老家，听妈妈说，那简直不是人待的地方。至于伯父有几个女儿，谁都说不清，只知他孩子多，生活困难，总不至于都是清一色的男孩吧！在找托儿所、找保姆连续碰壁之后，梁阿宁好不容易想起这股可借用的力量，能否成功也没有把握。气可鼓不可泄，这种时候，不该说丧气话。

“都怪你！都怪你！”梁阿宁的脾气变得很坏。

“怪我什么？”沈建树不解。虽说已经习惯了妻子的思维逻辑，无论什么事发了愁，最后总能找到他头上，但这一次，毫无来由。吃饱喝足了的费费，像只驯服的大熊猫一样，平躺在床上，安静地看着他的父母。

“要是你像外国的男人那样，挣回足够的钱，还用我扔下费费去上班吗？”阿宁说完俯下身去亲她的宝贝儿子。

沈建树吃了一惊。昔日的计算机软件工程师，何以短短半年，就变得这么婆婆妈妈！好像不单将血肉，而且将魂灵，都给了这个胖胖的婴孩了。女人啊，真没法说。

“我看就这样发吧。死马当活马医。找保姆和托儿所的事，我也不放松，双管齐下吧。”沈建树安慰着妻子。

阿宁找出一个牛皮纸信封，路途遥远，可别半路上磨坏了。然后像小学生默写似的，一字一句默念着，写下那个偏僻闭塞的小山村的名字。

“不管怎么说，我还有个老家。”她略有点得意。

沈建树没话。他祖辈都在城市。只有那些从父辈才进城的人，才在农村有一个悠长的根。

阿宁原以为像科学没有祖国一样，以后的人也没有籍贯这个概念了。想不到，一条小小生命的问世，竟把她同那个古老的地方联系起来。那些从未见过面的亲属，会理会她的呼救吗？她在信中把北京的美好，着实描绘了一番，不知是否能够产生足够的诱惑力？再有，她有意识地几次三番提到了爸爸。爸爸是乡下亲人们的骄傲，他们不会太怠慢爸爸的女儿的。

该写的都写上了。想一想，还有什么更充足的理由？对了，给外地的爸爸妈妈写封信，请妈妈以爸爸的名义给老家施加点压力。

现在能做的唯一的事，就是等待。

二

沈建树锲而不舍地为费费寻找归宿。找亲戚，这是没把握的事。阿宁一厢情愿。社会上到处人欲横流，几句好话就有人给你帮忙？还是走正规途径保险。

附近没有托儿所。远处有，但又不要三岁以下的幼儿。于是只剩下找保姆一条路。

“请问家政服务员介绍处在……”墙角下晒太阳的老头年岁挺大，沈建树特地大声问。

“在这儿……”老头的反应竟相当敏捷，他不是听清了，而是从沈建树皱皱巴巴的西服和焦灼的眼神中看明白了，用镶着铜头的拐杖捅了捅地。

轮到沈建树吃惊了。地是水泥的，被太阳烤得暖暖烘烘，像是个巨大的饼铛。站在上面，感到一股股热气蒸腾，倒挺惬意。介绍处难道是座地下宫殿吗？

介绍处果真设在这座高层住宅的地下室里。房间格局完全同居民住家一样，给人一种家庭的气氛，沈建树觉得亲切，预感到自己将得到帮助。

“我们有一个孩子，他妈妈产假就要满了，要上班。我们需要……”

“知道，知道。”负责接待的女同志态度和蔼，却不容置疑地用手势截断了沈建树的话，“我很愿意帮助你。这是表格，你填一下。”

沈建树乖乖地填了表。当女同志往回放表的时候，他看见铁皮柜几乎挤满了。

“请问，什么时候……”

“这可说不准，也许一年，也许半年，也许三个月，但这种情况很罕见。要等。僧多粥少。服务员的来源很有限。农村富了，没有人愿意出来侍候人。来的也是各有动机。比如旅游的，北京最便宜的旅馆一天要几块钱？住上半年，哪儿都逛遍了，合算。再比如想学点东西的，什么外语呀，缝纫呀，北京有各式各样的补习班，有些被雇到老教授家，本身就是学校加图书馆……”

沈建树听得脊背发凉，这样的保姆，他可雇不起，忙打断说：“请问，除了您这儿，还有哪儿管这事？”

“就我们一家！想不依靠我们，那你可大错特错了。建国门那儿有自由市场，你可以去试试。不过我可以告诉你，前几天有这么回事，有人从那儿找了个保姆，说得好好的，头三天还真勤快，到了第四天，你猜怎么着？”女同志停下话头卖关子。

沈建树尴尬地赔着笑脸。他知道结局好不了，又不愿妄加猜测。女同志得意地告诉他：“屋里东西被连锅端了不说，连孩子都一块儿卷跑了……”

沈建树道着谢，逃也似的离开了地下室。他后悔没有早想到这一步。要是他和阿宁在登记结婚之前，先到这儿填个表，这会儿也就不必如此抓瞎了。

只得到“人市”上去碰碰运气了。沈建树小心翼翼地扶了扶眼镜，好像他不是去跟人打交道，而是要踏入雷区似的。

人市并不像想象中那么恐怖，都是些普通的人，有的还相当落魄，沈建树多了几分信心。

“你要雇阿姨？”有人迎上来问。

沈建树摇摇头，目不转睛地往前走。他打定主意，凡是主动找上门来问的，一概不理。因为这更像是一个陷阱一个圈套。终于，他在人群外围发现了一个小姑娘，既不时髦也不漂亮，这使他很中意，心想阿宁也会满意的，就径直走过去问：“给人带孩子，你干吗？”

“嗯哪。”小姑娘回答得很简捷，很实在。

沈建树觉得一切比预想的顺利，高兴地介绍说：“我有个孩子，叫费费，快六个月了，很结实，一点也不爱哭……”

沈建树突然发现小姑娘有点心不在焉，循着她的目光看上去，见另一个与自己年龄打扮相仿的男子，也朝这里走来。真是僧多粥少呢！他不禁暗暗叫苦。

小姑娘觉察到了自己的失态，忙稳住他说：“我很喜欢费费呢，只是你们家的其他情况我还不了解。”

“您是指哪些方面？”沈建树有些莫名其妙，不知指的是家庭出身还是工作单位，慌乱中竟将“你”换成了“您”。

“你们家有彩电吗？有冰箱吗？有双气吗？不过现在天暖和了，有没有暖气倒不很重要，煤气可一定要是管道的……”

沈建树略一沉吟，后来的小伙子忙接上去说：“我家有，都有。”

小姑娘挺讲义气的，面孔还对着沈建树，等他回答。

“我也有。”沈建树一咬牙，撒了个谎。他家没有管道，是煤气罐。

小姑娘好像有点为难。忽又想起最重要的一条：“住房呢？”

“两室一厅。”那男子答。

这一回，沈建树再不能撒谎了，他嗫嚅着：“我们只一间，但也是独立单元……”

小姑娘听了这话，有些惋惜地说：“那我就不去你家了。一间屋请保姆，叫我住哪儿呢？”

“我们的走廊挺宽敞，放张单人床不成问题……”沈建树还想最后挽回。

“怎么能让人睡走廊里呢？我那个孩子的情况是这样的……”那个小伙子插进来。

小姑娘掉过头，同她的新主顾交涉。

怎么办呢？可怜的费费！倒霉的费费！

沈建树只得加入热切等待的行列。

挂历上有一个用红笔圈起的日子，那是阿宁产假满了该上班的日期。像个负隅顽抗的土围子，它前面只剩几个不多的黑色士兵在英勇抵抗。

“这些乡下人，把邮去的路费贪污了不算，连信也不回一封！”阿宁气愤地说。

一天天过去了，信还是没来。

三

来了一封电报：

“× 日 × 次接小髻”

“髻”字是人工手写的。在一行电子计算机打出的拘谨字体中，显得大而懈怠。

这个字怎么能当名字呢？髻是女人头上挽的发鬏，看这名字，该不是个古色古香的农村大嫂吧！也许，她有一头悠长的黑发？

对这位即将到来的亲戚保姆，阿宁只知道这些。北京站浩如烟海，唯一可依靠的，大约就是阿宁和小髻同属一个爷爷，兴许有血缘的感应。

“你是小髻吗？”阿宁在站台出口，向所有她认为可能是小髻的乡下姑娘（不管有没有浓黑长发）打招呼，年龄范围控制在十五岁到三十岁之间。除了名字，她对这个堂妹几乎一无所知，乡下人多半老相，宁可错问一千，不可漏问一个。然而阿宁还是错了。车站出口有好几条通道，她就是眼观六路、耳听八方，也终免不了遗漏。不由得后悔起来：应该举一个木头牌，上书“接小髻”。又一想，谁知道这个小髻识不识字呢？

出站口冷清下来。阿宁有点急了：一个乡下姑娘，若是碰不到接的人，心里不定多么害怕呢！忙掏出站台票进站去找，一边又埋怨自己糊涂：人生地不熟的，那小髻是不会自己出站的，没准正蹲在月台上哭呢！

月台上安安静静，好像刚才嘈杂的人流不是从这里发源的。零零散散几个负重过多的旅客，将身体弯成S形，艰难地移动着，哪个也不像是小髻。阿宁不死心，挑了一个嫌疑较大的，迎上去问：“你是小髻吗？”

“小鸡？还是小鸭呢！”旁边的一个男人怒气冲冲地回答，把无人来接的怒气，发泄到阿宁身上。

无端受到抢白，阿宁白皙的面孔唰地红了，却不知该如何回敬这种粗鲁的人，只得返身出站。站台口已聚集起接下一趟列车的人群，其中也并不见面容焦虑、黑发浓长的乡下姑娘。

阿宁焦虑之中平添了怨愤：这个小髻！明明大家互不相识，也不把事情办周到一点。起码要在电报上写明穿什么衣服有什么特征吧！你以为北京也像你们家那个小村子一样，站在门口就能看清大路？

怨愤归怨愤，当务之急还是找人。阿宁烦躁地仰头看钟。人真怪，一到了火车站，便不再看自己的手表，而只相信那座像珠穆朗玛峰一样高耸的大钟。

时间过去的还不多。小髻就是出了站台，也肯定不曾走远。阿宁开始在站前广场上寻找。

北京站是一个缩小了的世界。到处都是人、物品和五花八门的语言，搅缠在一起，令人眼花缭乱。正是薄暮时分，暗色已经像潮水似的漫了过来，路灯却还没到亮的时候，于是竟成了都市一天中最混沌的时间。拂面而来的人脸像一张张灰色的圆饼，此起彼伏的人流裹着阿宁来回乱撞……她没有目标地碰着运气。此刻可以凭借的，只有她和小髻那四分之一完全相同的血统了。

可惜，爷爷的在天之灵，不肯保佑他这一双没有见过面的孙女。

阿宁一无所获，吃力地倚靠着一根粗大的廊柱，胸前胀动不安。准是费费饿了。母亲的乳房是孩子的粮仓。

这个小髻，肯定有点傻！再不就是莽撞得出奇。不在月台里等，又不在出站口停留，自己乱跑，出了事自己负责，与阿宁无关！

费费，别哭了。妈妈就回来了。

阿宁离开了火车站。

四

阿宁用钥匙打开门，没见到人就嚷："费费，费费——"

沈建树抱着孩子走过来。

"真倒霉！转了一晚上，也没接到什么小髻！谁知道她到底来了没有！"

建树笑笑："已经来了。"

阿宁一惊。尽管她在火车站找人耽搁了时间，小髻到家的速度也够快的。她越发急着去见这个堂妹。

走进里屋，她惊呆了。

哪里是什么小髻！分明是十年前的自己！

白衬衣，蓝裤子，一双黑布鞋。在城里自然显得很土气，但这种曾风靡过整个中国的服装，也自有一种安宁端庄的美。更不消说，它是穿在如此美貌的一个少女身上。

略显圆形的瓜子脸，像蝉翼一样黑亮的眉毛，单眼皮的杏核眼，小小的鼻梁周正而挺直，嘴唇红艳艳的，像刚吃过紫色多汁的水果。她的眼睑低垂，带着乡下人的羞涩与不安，听到声响，将睫毛长长的眼睛缓缓抬起，像受了惊动的小麋鹿，观察着对方的反应。

阿宁对这张脸简直太熟悉了。多少年来，她无数次在镜子里看到她。看到她快乐时的模样，看到她故意生气时的模样（真生气时，就没有心思照镜子了）。看到她的皮肤怎样显出折痕，眉毛怎样稀疏浅淡，眼角怎样网起不易察觉的纹路……对于这一切，她倒并不怎样伤心。她有事业，她有费费，有时竟感到一种奉献的快意。但这些突然像魔术一样复原了，一张酷似她的然而却极年轻蓬勃的脸，正绽放同她一样的笑靥，向日葵一般地迎着她。

小髻真聪明。一个人这么快就从火车站找到家来了。阿宁心中暗自赞叹。她不愿意跟太笨的人打交道，那简直是对人的精力体力的最大浪费。但一个用人，这样年轻伶俐，恐怕未必是什么好兆头。以后倒要严加管束。

小髻沉浸在惊奇之中。自从坐上火车，她就不停地想象这位没见过面的堂姐是什么样子。想不到堂姐竟长得这么像自己的亲姐姐，就像一千年前就认识一样。

“小髻，想不到你到家比我还早。”阿宁夸奖着，“路上辛苦了吧？”

“姐，一路打听，按信皮上的地址，也不很难找。要是在火车站碰上，我一准儿能认出来。你……长得太像咱姑了……”小髻本想说咱们俩长得像，但怕阿宁姐不爱听，便说起了她们共同的姑姑。

姑姑？可能有一个吧？记得前几年因病去世了，爸爸还寄过钱。阿宁有点不悦，她已经老到那种样子了吗？

小髻还以为自己说了一句很得体的恭维话。把同辈人比成长辈，是很尊重的。

不管怎么说，小髻千里迢迢赶来，解了燃眉之急，阿宁还是很高兴。

火车厢特有的烟霉汗酸气，从小髻身上发散出来。也许还有什么寄生的小动物。阿宁第一件事是带小髻去洗澡。

澡堂里真是天下最平等的地方。女人们取下胸罩、腹带、头饰、项链，披散开头发，赤裸裸地站在水的帘幕之下，像每个人最初来到这个世界上一样，无遮无掩。女人们在不动声色地打量着，比较着，评判着自己与别人。发育尚不成熟的少女，虽然挺拔，却像还没熟透的青果子，显露出过于分明的棱角。生育过多的老妇们，松弛的腿和臀几乎分不出什么界限，下垂的腹部围裙般的耷拉着，线条糊涂混乱，令人感到人生的悲哀。唯有成熟的姑娘们和少妇，才是浴池的公主与皇后。

小髻很脏，也许自出了娘胎，也没用过这么多热水洗过澡。阿宁用带着香味的浴液，毫不吝惜地朝她泼去。浴液刹那间变了颜色，香味俱失，褐色的汁液像咳嗽糖浆一样黏稠，汇成一道道小溪流下。

终于，小髻身上能搓起泡沫来了。雪白轻盈的香泡沫，云彩一样簇拥着，像给她穿了一件纱衣。当着这么多人赤身露体，虽说都是女人，小髻也不习惯。刚开始，她不停地用手捂着胸。阿宁要帮她搓脖子、洗后背，她的手只好放下。慢慢地也就习惯了。水温暖滑爽，待到阿宁拧大龙头，让瀑布一样的水流将小髻冲洗干净，全澡堂的女人，只要她不是瞎子和存心忌妒，都惊叹起小髻的美丽和健康了。

这是单位的浴池，人们多半熟识："这是谁呀？"有人羡慕地问阿宁。

"是我妹妹！"水声哗哗，阿宁用压倒水声的嗓音说。

小髻实在是太像年轻的阿宁了。脸庞像，身段像，所有的地方都像。这是造化的功劳。阿宁好像隔着历史的水雾，在观察年轻时的自己，不由得发出感叹。

"走吧。"阿宁催小髻。

这么多的不用柴烧自天而降的热水，多舒服呀！小髻本想再冲一会儿，想到来时妈妈说过要听姐姐的话，就跟着出来了。

出了浴池，该换衣服了。阿宁像变戏法似的拿出内衣外衣，要小髻从头到脚换个彻底。

"姐姐，这使不得。怎么好都用你的？"小髻忙推辞。

"自己姐妹，还说这些见外的话干吗？再说，这些衣服也都是我不能穿的。”阿宁说的是实情，但还有一个理由她不曾说出：妈妈说过，乡下人身上有虱子。

那个肮脏土气的小髻被丢在浴池的污水里了。走回家的小髻洁净而芬芳。

“小髻很漂亮，是吗？”阿宁抽空问沈建树。一间屋子半间炕的，小小房间住进这么一位姑娘，她索性先给丈夫打点预防针。

“你连我也不放心吗？”沈建树难得地红了脸，“我只是觉得，她穿了你以前的衣服，简直同那时的你一模一样。”

“那我现在怎么样？”阿宁希望听到丈夫的恭维。

“你现在也很美。只是比以前稍微……”建树谨慎地挑选着字眼，“稍微疏松了点，像一个堆起的雪人，叫人忍不住要拍打拍打……”

小夫妻说笑着，为小髻在走廊里铺了张小小的床。

墙上揳进一颗钉，牵起一根长长的铁丝。再挂上帘子，小髻的床就成了一间独立小屋。夜里正屋的人进出，就看不到小髻了。

五

阿宁给了小髻几块钱，叫她上街去买块布缝帘子。

小髻在街上走。看看别人，又看看自己，忍不住偷着笑。人们再不像头一天下火车后像看怪物一样打量她。不就是一身衣服嘛！小髻就变成另一个人了。

走进商场，人可真多。阿宁说过几天抱上费费，领小髻去动物园。其实动物有什么看头呢？山里什么动物没见过？养在园子里的动物，还能有活性吗？到城里来，主要该看人，城里人比乡下人好看多了，那么多衣服式样，真叫人眼晕。小髻忽然发现对面走过来个姑娘，不用正眼看人，却一个劲用眼角瞟她，一副瞧不起人的样子。哼！你瞧不起我，我还瞧不起你呢！话是这样说，小髻还是没勇气直视人家，便闷着头往前走。

砰！小髻和那女孩子脸对脸地撞到一块儿，只觉得冰凉一片。原来，商场的一侧墙壁是一面巨大的镜子，小髻同镜子里的自己贴到了一起，不由得又惊又喜：那就是自己吗？小髻没照过这样大的镜子，连自己的鞋子和土袜子上的花都照得进去。在家时只有个鹅蛋镜，还不敢当着人照。小髻回转身，快步退到商场门口，慢吞吞地往里走，眼睛眨也不眨地注视着前方。这一回，她看清楚了，对面那个美丽的姑娘，也微笑地看着她，一步步朝她走来。同四周熙熙攘攘的人群相比，这姑娘一点不逊色，还要比他们强呢！

“扯块布。”小髻兴冲冲地对售货员说，还微笑了一下。心情好的人，对谁都充满善意。

“要哪块？说清楚点。”售货员可不那么容易被感动。

“要那块。”小髻一眼就看上一匹绿叶红花的布。

“你刚还说这布没人要呢，马上就来了买主了。乡下人，还是喜欢这种花红柳绿的。要几尺？说话呀！”

“不！不！我不要了。”小髻像被人识出身份的逃犯，慌不迭地离开了柜台。

“神经病！”两个售货员一齐说。

真奇怪，他们怎么就认出小髻是乡下人呢？也许是小髻的外地口音太重了。

在街上走走，小髻重又恢复了信心，她走进另一家商店。没有那种绿叶红花的布，小髻看中了另一种，等了半天，也没见有一个人买。小髻明白了，这布也是买不得的。城里人怎么这么不识货呢！小髻很怨恨。却也不敢由着自己的性子买，钱是阿宁姐给的，买回也该符合人家的心气。小髻这一次学乖了，站在一旁静静看。人们都在买一种紫色的花布，底儿是紫的，花是紫的，深紫加浅紫，像一大片夏天的马莲花。只是每朵花都不完整，好像被谁掐去了一瓣。小髻不喜欢这花布，但也说不上太嫌恶，大家都买，她也决定了买这种。“哟！小髻买的花布又雅气又新潮，真是很有眼光！”阿宁惊叹起来。

小髻反倒有点后怕。若是真买回绿叶红花，阿宁姐又不知该说什么了。

“现在我来教你怎么给费费喂西瓜。费费是一年到头要吃西瓜的。

今年的西瓜还没有下来，这是从冷库里买出来的，先用羹匙把瓤刮在瓷碗里，再把瓜籽挑出去。一定要仔细。然后用纱布过滤，才能用瓜汁喂费费。羹匙、纱布、奶瓶、奶嘴，一定得煮开消毒……”

阿宁手把手地教小髻，末了还要抱着双臂看小髻单独做一遍。她很严格，特别是在卫生方面，简直近乎苛刻。

“都是亲戚，不要搞得这么盛气凌人。”建树私下劝阻道。

“你认为，我是缺一个漂亮的妹妹，才把小髻从那么远的地方找来吗？”阿宁缓缓地说。

阿宁习惯了做一个优秀的工程师、一个好妻子、一个好母亲，现在学着做主人。

阿宁变得格外勤快。假如平日擦地只擦两遍，那么在给小髻示范时，她一定拖三遍。她希望小髻比她更勤快。

做主人不是一件很难的事。以前你看到什么事该干，就得站起身去干。现在不用了，你只需要说出来，自有一双勤劳的手替你干。你要觉得不好，还可以让她重干。

这很惬意。指使别人是一件有意思的事。但阿宁多少有点不习惯，她察觉堂妹并不是那么心甘情愿争先恐后地干，你说一说，她动一动。有时你连说几遍，她才去做，而且并不全令人满意。

难道是自己对她不好吗？这几天阿宁还在家，活儿基本上是两个人干，等她上了班，全部家务落在小髻身上，像这样的工作态度怎么行？因为小髻远道而来，阿宁在伙食上特地搞好了一些，破旧衣服也给了她，还要怎么样呢？

阿宁细细琢磨着，她需要调动起小髻的积极性，最好能像个上了发条的机器人一样，把阿宁想到没想到的活计，都主动干好。

“姐，你要在老家，就不叫这名字了。”小髻说。她又想家了。

“为什么呢？”阿宁想不通，那个遥远的小山村，怎么还管得着她！

“有家谱啊！梁氏宗族谱，蓝皮黑字，可贵重了。咱们这一代女孩子，名字中间一个字都是小。我这个‘髻’字，还是老辈给起的呢！”小髻很愿意同堂姐说老家的事，这是她唯一可炫耀的知识。

阿宁确实被唬住了。想不到远在她出生之前，在数千里外的一处穷乡僻壤，就把她名字的一部分确定下来了。她觉得有一股无名的力量，企图主宰她。

“那么费费在家谱上该叫什么名字呢？”阿宁立刻想到她的孩子。

“费费是他们沈家人，该去查沈家的家谱啊！”小髻觉得好笑，那么聪明的姐姐，怎么糊涂了！

沈家家谱？沈家有没有家谱还不知道，城里人谁还保存这个！就是有，八国联军攻占北京时没烧，也叫红卫兵给烧了，沈费费的命名极其简单，费时费力费钱，仅此而已。

阿宁觉得自己愚昧，竟对这种落后的东西这么感兴趣。家谱与她有什么关系，她不叫梁小宁而叫梁阿宁，这么多年不是活得兴旺发达？这名字不是写在毕业证、职务聘书以及所有严肃而正式的登记表上吗？梁氏宗族谱上的老祖宗们，谁又曾使她的生活轨道改变过一分一毫！

真好笑。也许人对所有有关自己的事，都感兴趣，听过之后，才觉出是无稽之谈。

小髻很伤心，自己以为那么神圣亲切的东西，阿宁姐竟一笑了之。她想念那个温馨平和的小山村。老牛迈着缓慢的蹄子，路边的野花被踩倒后，一场小雨，就又直愣愣地挺了起来……村子里所有的人都是亲戚，哪里像城里的人，见面都只称呼名字……

阿宁对小髻的手脚迟钝，刚开始以为是懒。小髻是大爷家最小的一个女儿，穷人也有娇女嘛！后来才发现不是。小髻上过初中，手脚也蛮伶俐，轮到给她自己缝紫花布帐子，就干得又快又好。阿宁继而认为是小髻眼里没活儿。比如费费的衣服，阿宁认为要一天一洗，就是没有明显的污渍，也要去去奶味和汗气。小髻嘴里不说，脸上的神气却不以为然，洗的时候也不用心，只在水里荡荡了事。

这不行。也许每个人头脑里有一条对待清洁和舒适的衡量线。有的人认为地面有一片碎纸屑就算不干净，需要拿起笤帚打扫。有人则不然，满地碎纸，跟抄了家似的，他们仍旧安之若素，觉得蛮好。乡下人，屋里屋外到处见土，很难觉得这四白落地的房子，还有什么必要打扫不停。

要想办法提高小鬐对洁净的热爱。阿宁自以为抓住了症结，耐心地告诉小鬐：这是浴液，这是洗发液，这是护发素，这是油污洗净剂，这是玻璃洗涤灵，这是除臭剂……

小鬐紧锁眉头地听着，记着。这么多瓶，瓶子都很漂亮，里面装的水，颜色也差不多……

她依旧像算盘珠子一样，不拨不动。阿宁几乎气馁，培养一个精干的可人意的保姆，真比培训一个合格的程序设计员还难！后院不稳，她怎么能安安心心地上班！该优抚的优抚过了，胡萝卜既然没用，只有用大棒了。于是，她硬起心肠，训了小鬐几句。

“不是跟你说过几遍了吗，挤瓜汁的纱布一定要煮开，你怎么只烫烫就算完事。这我还在家呢，要是看不见，你更不知要省多少事呢！”

小鬐哭了。眼睛大的人，泪珠也大，沉甸甸地落下来，像久旱之后的雨。

“就算小鬐不对，你也完全可以和气些嘛！”沈建树于心不忍。小鬐太像年轻时的阿宁，使他生恻隐之心，好像成了妇人的阿宁，在训姑娘时的阿宁。

阿宁还气鼓鼓地不肯松动，倒是小鬐自己使事情有了转机。

“姐，你这儿我不想待了。我来时带了回去的路费，我娘说要是给姐帮不上忙还添乱，就早些回去。”

天哪！这哪儿行！找保姆的种种艰辛困顿，霎时涌上心头。阿宁这才发现自己铸成大错，官逼民反，事情就不可收拾了。

阿宁立刻软了下来，得想个办法，无论如何也得把小髻留下来。亲不亲，一家人嘛！可这个弯子也不能转得太急。不然，以后一有风吹草动，小髻总拿出回家这撒手锏要挟人，阿宁可受不了。

事已至此，阿宁索性把话挑明了。大家老在一团温情脉脉的亲戚情分里裹着，反倒把简单的事情搞得复杂了。主意已定，她先把毛巾递给小髻擦泪，然后拿出几十块钱。

“小髻，姐姐刚才说话重了点，你受了委屈，姐姐给你赔不是。”

小髻止住了抽泣。不管怎么说，姐姐年纪大，能给她服软，她也就知足了。

“你真要想家，要回去，我也拦不住你。”阿宁叹了一口气，自己的眼圈也不由得红了。并不完全是为了出感情效果，小髻真一甩手走了，她可实在是求告无门。

“你是我请来的客人，回去的路费哪儿能让你自己掏。真要走，你就拿上吧。”阿宁把钱往前推推。

小髻手像火烫了似的往回缩。来时妈嘱咐过，要听姐姐姐夫的话，别惹人家生气。远的不说，你叔叔这些年常接济咱家，这回你婶子也来信说叫你去，你得对得起人！现在这么跑回去，该怎么和家里人交代！

“姐，那也用不了这么多钱……”小髻怯怯地说。

“剩下的，是你这几天的工钱。都是自家姐妹，还没来得及商量具体的数目。你也别嫌少。”阿宁声音冷淡地说。不在这几个钱。她不愿叫人家说自己占一个乡下姑娘的便宜。

“这……这怎么成？我是来给姐帮忙的。姐愿意，就给几个零花钱。不给也应该。小髻绝不是冲钱才来的。”小髻慌忙地往回推钱，神情十分真挚。

阿宁先是一愣，旋即明白了。原来症结在这里！古老乡俗，耻谈金钱，亲友间的互助，完全是无偿的。愿干就干，不愿干谁也说不出什么。小髻一直以为她是在姐姐家做客，哪里来的踊跃工作姿态！

阿宁连叫自己糊涂，也许怪自己那封求援信太含混，谁知乡下人竟按着自己的逻辑去理解。亲戚归亲戚，帮佣归帮佣，要想处下去，第一是要把这条界限搞清楚。

阿宁拉开抽屉，找出她和沈建树的工资条，递给小髻：“你看看。”

字条是细长的一条纸带，密密麻麻都是数字，小髻看不懂。

“你就看最末尾这个实发数字。”阿宁指点她。

嗬！真不少哇！怪不得城里人可以这么讲究，挣的钱一个月抵乡下人一年了。小髻的家乡至今还很穷困。

“别看挣得多，城里的开销也大。吃穿用，房租水电，费费的奶粉橘汁，都从这钱里出，四下里一分，也就不多了。城里人有城里人的难处，不像乡下，烧柴吃菜都不花钱。”

小髻点点头，阿宁姐说的是实话。城里什么都要钱，连楼下掏垃圾的老头，还一个月收五毛钱卫生费呢。

“要是我每天在家带费费，便一分钱也没有了。”阿宁把自己那张工资条团成个球，桌上只剩下沈建树那张孤零零地趴着。

“所以，我得上班。你帮我带费费，就是你付出了劳动，我该给你钱。至于多了少了，咱们可以商量，这是你应该得的，何必推辞呢！”

小髻愣愣地听着，觉得姐妹间怎么这样生分。私下里又觉得挺好，要不谁都愿意歇着或是玩，这样干活儿也有劲了。

姐姐妹妹推让了一气，小髻还是把头一个月的工钱预收下来了。

阿宁很高兴。这样小髻再不能动不动就说走的话了。再者，她把小髻的工资定得比街上的保姆们要少，小髻还挺知足，这样双方都好。

六

费费今天穿了一套白兔服。雪白的棉绒布，配上带长耳朵的白兔帽，真像只胖兔子呢！小髻爱给费费穿好看的衣服，心里又有点不以为然。有钱打扮十七八，没钱打扮屎嘎巴。像费费这么大，正是屎嘎巴的年纪，却有这么多衣服。乡下孩子，十七八了，也没几件囫囵的衣衫。城里人和乡下人，真是不能比呀！等自己什么时候回家，跟阿宁姐姐说，把费费穿剩下的衣服给上，拿回去，可以送人，也可以留着……小髻想到这儿，脸红了。虽说屋里没人，还是觉得挺不好意思，看看费费，费费正张着手要她抱。小髻抱上他，思绪还沿着刚才的坡往下滑：日后我也会有一个孩子，甭管是男是女吧，也穿这件白兔服，只是衣服里头的人不一样……再以后，费费长大了，上大学、出国、考研究生、当博士……另一个孩子呢？上山割草，下河捞鱼，长大了日日种田，识得几个字，终于也忘光了。在低矮茅屋中过一辈子……小髻已经记不得羞怯，她被自己设想到的这种铁定的结局震撼了，这是不会错的，没有世界大战那样的变化，事情就不会是两样。

费费因为无人理睬，哭了起来，小髻一摸，刚刚换上的白兔服尿湿了，不由得火了起来。这孩子，生在福地福窝，还这样不知足！她气得直摇晃费费。她不敢打费费，就是家里没人也不敢打。一是阿宁姐对她那样好，不该背着她打她的孩子，二是费费挺招人喜爱的，她舍不得打。但这一刻，她真火了，手上使劲，下死命摇费费。费费刚开始觉得挺好玩，止住了哭声，随着前仰后合，一会儿发现事情不对，哭声再起，颇有点受了惊吓的意味。小髻不敢再晃，赶紧哄他，又给费费换上一套小小的猎装，抱他出去玩。猎装上绣着一架小小的雪橇，雪橇上蹲着一个小小的猎人，拿着一支小小的猎枪。猎枪小到绣不出上面细微的机关，看起来像一根棍子。

暮春的阳光明晃晃的。费费伸出手去，在空中乱抓。他看见空中飞舞着许多金色的小蜜蜂。当然以他的年纪，还没见过蜜蜂，只知道是一种毛茸茸的有着许多纤细毫毛的飞虫，如果说他看到的是些金色的苍蝇，也可以。

小髻在头顶部梳着一根长长的独辫，垂到颈部又弯折回去，将辫梢隐藏在茂密的发丝中，从侧面看，像在后脑绾着一个巨大而柔软的环。她的头发很好，这么长的辫子竟丝毫看不出细下去的趋势。发式是阿宁姐为她设计的。起初她不习惯把额头露出来，总爱留稀疏的发帘，直遮到眼眉。“你的前额这么漂亮，为什么要怕别人看呢？”阿宁不解地说。于是小髻顺从地把头发一根不剩地甩到脑后，露出光洁得像剥了壳的煮鸡蛋一样的额头，她现在有一种特殊的风度了。柔软的腰肢像春天的柳枝，随风俯仰又很有韧度，臂弯里托着费费这个胖胖的小猎人，像擎着个精致的洋娃娃。

看自行车的老太太正在同卖冰棍的老太太聊天：“听说了吗？人肉包子！弹棉花卖网套的乡下姑娘，进城来叫人给害了。刚开始谁也不知道，后来您猜怎么着？”

卖冰棍的老太太惊恐地瘪着嘴，好像刚被人强迫她吞了一口苦冰棍。

“嗐！有一天，有一个人，突然从包子里吃出一块带指甲的肉！”

小髻听不下去了。到处都在糟蹋乡下人，再说这个故事也太可怕，可别吓坏了费费。她正要走，却被看车的老太太叫住了：“姑娘，你是给那家看孩子的吧？”

小髻尴尬地停下了。老太太怎么认出她是给人看孩子的呢？她穿着打扮举止，不是都很像一个道地的城里人了吗！又一看，老太太的手指正斜指着阿宁姐家的楼房，看来老太太是这儿的老熟人了。在熟人面前，就没什么可装模作样的，人家什么底儿都知道！以后，袍着费费到远处去！

小髻不情愿地点了一下头。随即又补充道：“那是我姐姐。”

“知道。都说是姐姐，还不如外边请的保姆呢！”老太太颇有含意地眨眨眼。她的眼睛很小，加上有几根倒翻的睫毛遮掩，除了略见发红外，看不出深浅。

这是什么话！难怪姐姐三番五次告诫小髻不要同外边的人瞎聊，人多嘴杂，有些人专门爱刺探别人家的事。

小髻转身要走。看车老太太受了冷淡，反倒很高兴。她喜欢嘴严实的人。

“劳驾你给帮个忙，帮我看会儿车，我有个事出去一会儿。这事不难，规矩是后收费，谁往外推车，你收他两分钱就成了。”

“这……”小髻是个热心肠的姑娘。只怕因此委屈了费费。回头一看，费费正用小手将自行车的铃铛抹得亮闪闪。“大妈，您可得快点。一会儿我还得赶回家做晚饭呢！再有，这取车要什么凭证不？”受人之托，总要把事办得稳妥些。

“不要凭证。只要他是拿钥匙，不是拿老虎钳子打开的车锁，就行。”老太太掩饰起自己的满意之色，又格外补充了一句，“看车这活儿没个定数。多呀少的，就那么回事。”说罢，扭呀扭地走了。卖冰棍的老太太，可能觉得同个年轻的姑娘没什么好聊的，也推起吱吱响的冰棍车走了。

到处都是车，排列得很整齐。新车的车圈亮得像镜子，旧车就要柔和得多。小髻抱着费费挨个按车铃。有的脆亮，有的喑哑，还有的干脆默不作声，按得重了，才发出生涩的嘎嘎声。车多车架少，先来的车就有一个固定的位置，钢筋凹成的弯曲，像牙槽一样将车轮咬合在其中，结实而牢靠。多余出来的车，只好孤零零地挤在队阵之外，显得凄凉。小髻可怜那些车。都是一样的车，为什么早来的就有位置，晚来的就丢在一旁？车跟车，怎么就那么不平等！

一场电影散了。小髻忙得够呛，她不知道看车大妈并未走远，正在僻静角落里清点着出入的车辆。

“大妈，这是收的存车费。”天色不早了。小髻交代清楚，抱起已经待腻了的费费，预备赶紧回家。

大妈不动声色地扫了一眼钱箱。凭着对硬币特有的直觉，不必点算，就知道同存车数是相符的，不禁为自己识人的眼力自得。她伸手拉住小髻：“我姓田。住得离这儿不远。我打第一眼见你，就喜欢上你了。也许是咱们有缘。”

小髻笑笑。田大妈的手背很硬，手心却是软的。只有那种生性绵和后来却经了许多磨难的女人，才有这种外刚内柔的手。

小髻愿意有个人同她聊聊。田大妈好像随口问起她的种种情况。她都照实答了。

“你又带孩子又做饭，主人家一个月给你多少钱呢？”

“二十。”小髻回答。

“没给涨过吗？”田大妈露出骇怪的神色。

小髻摇摇头。

“太少了！姑娘，你也过于老实了。头一个月二十，以后是要给涨工资的。这是规矩。”

小髻不知道这规矩，原以为二十块钱就够多的了。谁想自家的姐姐还不如外人！她的心发冷，不急着回家了。

“回去跟你那个什么姐说说，要涨工资。她要是不给，你就不给她干了。”田大妈打抱不平。

这恐怕不成。少给就少给吧，姐姐不仁，小髻不能不义。以后，自己的力气节省着点，不给她家那么尽心尽力就是了。不管怎么说，阿宁还是姐姐，家丑不该外扬。小髻摇摇头。

田大妈心里很矛盾。她喜欢这姑娘的厚道，可人心隔肚皮，也许是故意装的呢？便说：“那边商场来了新式样的衣服，你不去看看？”

“我有，都是姐姐给的。”小髻不知怎么觉得有点对不起阿宁，赶紧表白，给姐姐说句好话。

“料子倒还不错。只是样子不时兴了。”田大妈挑剔地打量着，“小姑娘家，就该好好打扮打扮，年轻时不穿，难道成了我这样的老婆子再捯饬吗？”

小髻不语。这几句话确实厉害。哪个姑娘不爱美，不喜欢漂亮时髦的衣服呢！

小髻没有钱。钱都按月寄回家去，贴补家用了。

“当保姆的每月还该有两天休息，他们让你歇不？”

小髻摇摇头。阿宁姐从没说过这事。刚摇完头，又后悔了。这田大妈心术有些不正，自己不该跟她说这许多体己话。

“想不到，自己亲戚比外人还刻薄。”田大妈叹了口气。

小髻抱着费费要走。这些事，还是不说的好，知道了，叫人伤心。

“说实话，大妈是试探你呢！看不出，你是这样一个仁义的姑娘。”田大妈慈眉善目地笑了，“这样吧，我有心帮你找个能多挣几块钱的活儿，不知你愿意干不？”

小髻好奇地问：“也是看自行车吗？”

“傻孩子，看车能挣几个钱呢？不过是大妈这样的睁眼瞎混碗饭吃罢了。后天是星期天，早上九点，你到前头那个路口等我，到时候就知道了。”

小髻想了想，田大妈天天在这儿看车，是个有根底的人。路口又是个繁华大街，大白天的，不会出什么事，就答应下来。

聊天最耽误工夫了。天色实在不早，阿宁姐说过晚饭吃饺子，得赶紧做。小髻去买韭菜，两边货色差不多，自由市场摊上每斤比公家要贵一毛钱，公家菜站却排着挺长的队。往日，小髻总是买公家的菜，哪怕多排一会儿。今天，实在是怕来不及。

择菜、剁馅、和面、擀皮、包……好吃莫过于饺子，费事也莫过于饺子。还好，赶在姐姐姐夫下班之前，小髻一个人忙活完了。

“姐，你回来了。”小髻招呼着。听了田大妈的话，她不满意阿宁；自己又说了姐姐的坏话，心有点虚。饺子总算包好了，多少有点显摆功劳的意思。

阿宁随便嗯了一声，她没精力去品评这声招呼中的味道，急急叫着“费费”。冲进里屋去了。

其实阿宁每天都是这样，小髻原来怎么没发现？她默默端起盖帘，去下饺子。

“韭菜多少钱一斤买的？”阿宁问。买菜的钱由小髻掌握，隔三五天阿宁查对一次，从未出过差错。今天不过是随便问问。

小髻觉得不顺耳。倘是一家人，不该这么盘问，真当保姆看，就该给做饭买菜的那份工钱。但姐姐到底是姐姐，不好忤逆，便低着头报了价目。

“怎么这么贵？”阿宁吃了一惊。也许是出自主妇的癖好，也许是家里有外人总有戒心，她有意无意地经常注意市场上的菜价。小髻平日说得还相符，今天怎么这么大差别？

“我买的自由市场的。抱着费费，公家排队太长……”小髻不服地为自己辩解。

“不是早跟你说过，公家有就不要去买私人的吗！你倒越学越大方了。我们挣的钱是死数，全靠平日里能省一分是一分。你怕排队，你的时间又不值钱！咱们现在是一家四口，还要付你的工资，再不俭省，真该到了北京的贫困线以下了！”阿宁越说越有气。在现在这种物价上涨的时候，当个主妇太不容易。同样的货物，多花了冤枉钱，不但经济上受损失，心里总憋着一团火，好像被人骗了或抢了一样愤愤不平。

建树回来了。小髻再没说话，阿宁也住了嘴。两姐妹都不愿让别人知道这争吵。

饺子锅翻腾着，一会儿就得了。

“小髻上来一起吃吧。”姐夫招呼道。

小髻自然是不能去的，但心里感到一阵温暖。

饺子也许是天下最不平等的食品。永远得有一个人煮，而不能所有的人团团围坐在一起吃。

家里的大柴锅没煤气灶好烧，锅开得很慢，可每锅下的饺子多……小髻是娇女，每回都和爹吃头一锅饺子……

正屋里的话语，随着酱醋香油的气味一同飘了过来：

“调动的事，怎么样了？”阿宁焦灼地问。

“老萧还是不松口。说是像我这样的人才，就是暂且用不上，过三五年也有用处。”沈建树苦笑了一声，“只怕到那时，我也成出土文物了。”

“他只不过是你的领导，又不是太上皇，怎么能这么一手遮天！”梁阿宁愤怒了。她和丈夫是大学同学。毕业以后，她一直搞应用技术，沈建树搞纯理论研究。研究院里近亲繁殖，一点用武之地也没有。阿宁活动着想把沈建树调出来，接收单位已经有了，这边又死扣着不放。

“我死说活说，他总算松动了一条缝。可这一条缝，有和没有一样！”

“到底是怎么回事，快说出来，一块儿想想办法。”

“老萧说，我们这些人都是单位的财产，一定要走，得赔偿单位的损失，也就是交纳一笔赎身费吧！”

“多——少？”阿宁真心希望自己能付得起。

“本科生八千，研究生一万。我对他说，我不是金子铸出来的。值不了那么多钱。他说，这就对了，年轻人，好好待着吧！”

“我们是服务于某个单位，又不是卖给他们的奴隶，怎么能这样？”阿宁气得摔了筷子。

“有什么办法？真是受雇倒也简单，他可以炒我们的鱿鱼，我们也可以卷铺盖走人。现在是家长式……”沈建树也停了筷子。

小髻又端了一盘饺子。

“饺子煮得太过火了。你看，皮都煮破了。”阿宁强打起精神，给小髻下指示。

小髻的脸被厨房热气烘得红通通的，她鼓足勇气说：“这是我成心煮破的。”

什么？这不是故意捣乱吗！家里家外，到处都乱了套了。“你……你……”阿宁气得找不到合适的话。

“这是取个吉利呀！按咱们老家的风俗，煮饺子一定要煮破，意思是‘挣破’，主一年过好日子，事事如意呢！”这是小髻能给姐夫帮的唯一的忙了。

“什么迷信风俗！不过是糟蹋了上好的馅！这些破饺子，放不好放，煎没法煎，小髻，你都挑出来吃了吧。”阿宁可不领情。

“我来吃。”沈建树说。

晚上，小髻抱着费费在看电视。姐姐姐夫抓紧时间看他们的专业书。

这是一部外国电视连续剧。男主人公很英武，很潇洒，正含情脉脉地望着女主人公。可电视是从正面拍摄的，于是那个美丽的姑娘，便不知被排挤到什么地方去了。小髻看到的是一张年轻又很有个性的脸。线条刚毅的鼻子和嘴巴。尤其是眼睛，正深沉又满怀热烈地注视着小髻……

小髻的心不由得怦怦地跳。她还从未这样死盯着一个年轻的男人看，也从没有人这样温柔地看着她……啊，有过！那是妈妈！可妈妈的眼光跟这不一样……

镜头持续得相当长，然而小髻还是觉得一眨眼就过去了。费费已经睡实，按说该把他放回床上去，可小髻不敢动。她甚至忌妒起片中的女主人公。

终于，又一个男主人公的面部特写镜头出现了……

一只纤细而柔弱的手，拿起一个像电源插座般大小的小仪器，轻轻地按了一下。

屏幕上唰啦一下，全是茂密的雪花，然后一片昏暗。紧接着，出现了另一个频道的节目。

阿宁被沈建树调动的事搅得心烦意乱，看不下去书，找了个自己喜爱的频道看起来。

没人想到要征询一下小髻的意见。仿佛她根本不在看电视，或是此时此刻根本没这个人一样。阿宁用遥控开关把英俊的男主角赶走了。

小髻把紫花布幔帐扯得唰唰响，早早躺下了。正屋的灯光透过花布，变成稀薄的紫色，轻柔地覆盖在小髻身上。

妈妈，妈妈现在睡了吗？是不是也在想小髻呢？

妈妈用苍老的手，抚摸着小髻的头发，掌心的皱纹刮起一根柔软的发丝，有点轻微的疼痛。小髻不说也不动，任发丝随着妈妈的手势慢慢飘起，任这疼痛像一条细小的虫子，在她的头顶慢慢爬行……

城里的叔叔，过的日子是和咱们不一样吗？小髻在问。城里的叔叔，是家里人的骄傲，小髻还从未见过。

是。他们天天吃饺子，家里有电灯、电话，还有电扇……这是妈妈在回答，那时她还不知道世界上有带颜色的电视。

我要去城里看看，小髻坚决地说。

莫去吧。城里人眼盅子浅，怕看你不起。妈妈不愿最小的女儿受委屈。

偏要去！都是自家亲戚，能把我怎样！小髻听到自己无忧无虑的声音。

饺子是吃上了，彩电也算看了，可是……被幔子染成浅紫色的枕巾，吸进小髻思乡的不平的眼泪，变得湿润而凄凉。

七

不知是几时，费费哭了。小髻立刻惊醒。其实费费夜里跟他爹妈睡，与小髻并无关系。小髻一天同费费在一起，听得懂他的哭声，这是费费要尿了。应该马上抱起给他把尿。可惜，阿宁虽然是懂多种计算机语言的工程师，对儿子的特殊语言却很生疏。费费是个干脆的小伙子，他的哭声很快停了，变成一种快活的哼叫。糟了！已经尿出来了。小孩子真怪，尿湿了自己身底下的被褥，该是很不舒服的一件事，怎么能如此自在而得意呢！屋里传来一阵忙乱。小髻想象得出，费费此时正睁着浅黑色的圆眼睛，无辜地注视着他手忙脚乱的父母，好像一切同他毫无关系。小髻不觉无声地笑了。二十岁的女孩子的心境，明朗而单纯，经过一个美妙的春夜，立即将烦恼遗失在刚才的睡梦中。

遮天蔽日的紫花布幔帐，在黑暗中像一堵高耸的墙，小髻觉得自己仿佛睡在一个巨大的柜子或是夹壁墙里。突然，她又听到窸窸窣窣极细微的响声。

“多长时间……没有了……”姐夫的声音轻柔得像一团温存的棉花。

“轻些，小髻在。”阿宁姐说。

“她睡实了。”

小髻赶紧屏住气，预感到要发生什么。也许她该弄出点什么声响，阻止将要发生的事，但她内心里却充满着渴望和好奇。她觉得自己很坏，却越发僵硬得毫无声息，不过事与愿违，从她身上发生咚咚擂鼓般的声响。她绝望地松了一口气，才发现不过是心在嗓子下面跳动。

极短暂的平静后，声音又起。

“小髻来了以后……你好像……少多了？”阿宁姐的话，慵慵懒懒的。

“这样年轻的一个姑娘……你不是对我也正规多了……”

“不说这些好吗？好不容易……”姐夫有些急躁。

“那……你得去洗一洗……”

“今天，就免了吧……小髻会醒……”

“今天……以后要先去……”

“以后……以后我每天都先去，然后……等着你……”

小髻一下子觉得自己的耳朵不好使了。其后的声音是确确实实的，但因为想象不出是如何发出的，声音也就变得模糊不清了。当她焦急地睁开眼睛，紫花布幔帐无情地遮断她的视线。她极轻灵地挑开一个角，幔外仍是一片混沌。通往正屋卧室的门虚掩着，露出一扇极细薄的光栅，像一片金属板，笔直地立在那里。

小髻感到一阵燥热，从屋内分明往外发散着一种炙人的气息，烤得她想冲出房子，赤足站在冰凉的野山坡上，让带着露水的夜风，打湿她的头顶。

因为长时间憋气，她只得微微张开口，让胸内火热的气流无声无息地吁出。

屋内竟连一点声音也听不到了。髻儿怀疑起自己的耳朵，也许什么也不曾发生，刚才只是自己的一个梦境？她只得借助于眼睛。这一次，是不会错的。那片薄薄的金属样光栅，因为有人影不时遮断，竟像一个有生灵的翅膀，忽明忽暗地上下抖动起来。

然而，屋内依然是寂静的。小髻先是疑惑继而惊异起来。乡下的孩子，远比城里的孩子要懂事早。草木欣荣，禽畜繁殖，人不是与它们一样吗？小髻听惯了吵闹，甚至半夜的扑打。对于那件事，以为一定是同各种各样的声音连在一起的。屋内的宁静，使她深深地感动了。

原来城里人是这样睡觉的；原来费费是在这样温馨美好的夜晚，来到这个世界的；原来世上还有这样和谐的欢爱；原来阿宁姐是这样一个幸福的女人！

小髻知道自己像一把锐利的小刀，深深楔进了堂姐家生活的断面。她知道他们爱吃什么菜，爱喝什么汤；知道他们刷牙洗脸时挤多长一条牙膏搓几下肥皂。她甚至知道他们有多少存款，储蓄单藏在哪里。那数字之和比小髻设想的要少。她并不是存了什么非分之想，只是一种不可抑制的好奇。她也不时感到，姐夫想亲吻姐姐，因为她的在场，只得改为温存的一笑，留下几许不满足的遗憾……

她曾以为这就是城里人的全部了。直到今天夜里看到——正确地讲应该是听到，或者是说什么也没看到什么也没听到的一幕，小髻才知道城里的女人怎样做女人。

城里人是该瞧不起乡下人的。

早上起来，小髻久久不敢正视阿宁，怕他们知道自己夜间不曾睡着。直到阿宁发现费费在发烧，家里一团忙乱，小髻才自然起来。

阿宁把费费严严实实地包裹起来，同小髻一起去医院。

正是上班时间，路上的自行车群，逼得人不敢过马路。“小髻，给你买车票的钱，咱们俩万一挤散了，你在医院门口等我。”

“姐，我有钱。”小髻推辞。

“拿好。车来了。”

阿宁抱着费费从后门上，小髻被人流裹向中门。

“买票了买票了，没票的买票了。”售票员像在吟一首不曾断过句的循环诗。

人们无动于衷，全神贯注地对付拥挤。这是由真正北京人构成的货真价实的拥挤（绝不像外地人多时那种里糖外涩式的赝品）。假如从车厢顶掉下来一根针，它会洞穿几个人的肌肤，而绝不会掉在地上。到站了，人们左右俯仰，靠压缩肉体腾出下车者通行的甬道，然后像被风分开的青纱帐一样，又严丝合缝地密闭起来。没有人说话，没有人抱怨。甚至踩了脚，也没人说对不起，更不用说回答没关系了。车厢里挤满了人，寂静得却像一片荒漠，这是真正的北京人的拥挤和对拥挤的默契。

阿宁姐不知在什么地方，她抱着费费不知有没有座？小髻什么也看不到。她想买票，售票员惺忪着眼，无精打采地垂着头，像受了冻害的瓜。小髻拿不准该不该叫醒他。她希望另有人买票，这样小髻可以趁机递过钱去。可惜没有。人们似乎在无意中维持着沉寂。售票员也不检票，有几个人自觉地掏出月票虚晃一下，速度快得如电光石火，售票员看也不看。正是上班高峰，全都是正宗的北京人。

小髻忽然萌生出一个大胆的想法。她觉得自己同其他人并没有什么区别。她很想得到更多人的承认。她的手在衣袋里，把那张潮湿的角票松开了。手从衣袋里抽出时，感到一种冰凉的寒意。

下站就是医院。真正考验人的时刻来到了。小髻镇定了一下自己。正宗的北京人，这时是要说着“劳驾，换一下”，然后奋不顾身地往外挤的。小髻却不能说话，她的北京话还不纯正，会露馅，于是她硬往外挤。人们虽略有不满，还是很配合地为她让出一条小径。像这样漂亮的姑娘，有时常常是不注意她们应有的礼貌。现在，小髻站到售票员眼皮子底下了，离车站却还有漫长的一段距离。

“下车的同志把票打开了打开了。”售票员又开始唱他那古老而无韵的歌。精神虽不见怎样好，眼皮却是睁开了。

小髻一阵腿软。现在买票，还来得及，一切还没有开始，结束它谁也不知道。小髻的手不听使唤，急切地直想去够那张角票，但内心深处有一股更倔强的念头，阻止了手的冲动。于是颤抖的手指只掸了一下衣角，在外人看来，这个动作还挺优雅的。

不能退缩？你已经很像一个城里人了。售票员扫过你的目光，没有一点异样，为什么要在这最后一分钟退缩下来呢？要是小髻现在掏出钱来买了票，她会一辈子为这一刹那羞愧后悔的，她失去了一个极好的鉴定自己的机会。于是，小髻格外笔直地挺起了腰，尽管她的腿紧张得发麻。她甚至命令自己故意露出了一个笑容，并且大胆地瞟了售票员一眼。

售票员这会儿是完全清醒了。他很高兴有这样一个妩媚的姑娘对自己瞩目，回敬给她一句“先下后上”。

终于——到了。车门发出像开水溢到火红炉盖上的蒸汽声，木偶动作般的打开了。小髻真想一个箭步跳下去，然后撒腿就跑。然而，不能，正经的北京人，应该是从容不迫地将小巧的书包挽到胸前，轻轻跺跺脚，然后潇洒地用鞋点地，从蜂拥而来的上车者中挤出去，嘴里还要说着：“挤什么挤……”

小髻都照着做了，就是没说那句道白一样的京韵。当她从人流中穿过的时候，感到一种神圣的莫名的喜悦。如今，她在外表上，已经是一个道道地地的北京人了！

“同志，请打开您的票。”

小髻一怔，一时竟不知道这声音是从哪儿传出来的，抑或只是自己的错觉，因为她不止一次设想过售票员会这样问她。

公共汽车开走了。

“同志，请打开您的票。”声音又不屈不挠地响了一遍，已稍微流露出某种不满。

这一次，小髻听清了。声音就从她正前方发出。那人臂戴红箍，正毫不客气地打量着她。

小髻傻眼了。这是汽车公司站台上的查票员。这种情景很少见，但今天小髻碰上了。

她的第一个念头是逃。哪怕登上刚才开走的那辆车，她可以立即买票，在下一站下车，一切都来得及补救。然而这肯定是不能实现的。第二个念头是寻找阿宁，只有姐姐能救她。

左顾右盼在查票员眼里，等于招供了身份。小髻因此失去了宝贵的时间，她本应立即服罪补票认罚的。

“想溜走呀？有没有票？说话呀？哑巴了？”查票员一旦碰到时髦新潮而又蓄意逃票的人，嘴巴便格外尖刻。

围过来一群人，有些人看看表，惋惜地叹了口气，恋恋不舍地走了。

小髻的头脑里一片空白。她不知道自己该干什么，只知道自己不能说话，便紧紧闭着紫葡萄一样的嘴，惊恐地瞪着查票员。

“甭装可怜！掏钱，罚款！”查票员把小髻的态度误认为是对他职权的藐视，越发来了火气，“还挺宁死不屈的！说不说话？不说从哪儿上车的，从起点站罚！”

小髻执拗地紧闭着嘴。从自以为是一个城里人的美好感觉中坠入当众受辱的窘境，她完全失了方寸。

梁阿宁看到小髻的时候，正是这样一番情景。她的脑袋轰地一声变得很大，踉跄了一下几乎摔倒。她自诩不属于小市民，而且受过良好的高等教育，从来不屑于注意这种闹剧式的纠纷。想不到，小髻竟这么丢人，被当场揪出来示众。看到那张酷似自己的脸庞在众人的逼视下红一阵白一阵，她直觉得全身的血往脑袋上冲。

站出去，救下小髻？这类执法队，说上几句好话，认罚认错，事情也就过去了。

小髻被围在中心，像陷阱中的羔羊一样，用充满泪水的眼睛在寻找着自己的姐姐……

阿宁的脚却像钉在地上一样，僵直不动。丢人呀丢人！她梁阿宁要在众目睽睽之下，领回一个逃票犯，还要被人劈头盖脸地奚落一番，她从未遇到过这种尴尬。小髻是小髻，她是她。小髻既然自己不拿脸面当回事，就让她自己去蒙受这耻辱吧！我可不愿意代人受过。

梁阿宁铁青着脸，紧紧地抱着费费，冷漠地站在围观的人群中，执拗地沉默着。

小髻在众人的逼视下，抬不起头来。她找不到姐姐，只看到一条条宽窄不一的裤腿和一双双大小不等的鞋……姐姐也许从另一个车门下车走远了，费费正生着病……

费费从睡梦中醒了过来。他一眼看见自己的小髻姨姨站在离他不远的地方，就张开双手，奶声奶气地发出模糊的“咿”声，要小髻抱。

这真是出人意外的小插曲！已经感到乏味的人群，立即像打了一针似的兴奋起来，连稽查队的也跃跃欲试：怎么，还有一个同伙？

阿宁不得不站出去了。她先把兜里的月票冲大家端正地出示了一下，然后用从容不迫的矜持口吻问道：“怎么了怎么了？”

阿宁的气度不凡，稽查队稍微收敛了一点气焰：“你问我，我问谁？你妹妹坐车不买票，问她话还装聋作哑，真不嫌寒碜！”一边乜斜着眼，打量着她俩。

“姐——”小髻满含委屈地叫了一声，为稽查队的话，充当了极好的注脚。

“噢——”围观的人一阵起哄。

“谁是你姐！”阿宁冷冰冰地抛给小髻一句，然后，对稽查队说：“一个乡下人姐呀妹呀地乱叫，你们就相信？她是我们家雇的保姆，新来乍到不懂规矩，你们也犯不上这么厉害。该补多少钱的票，我来买。”

小髻蹒跚地跟在阿宁后面，好像腿脚受了很重的伤。众人的目光，像锥子一样戳在身上，却终能洗去，阿宁姐那句话是扎在心上，永远也拔不掉……对了，不能叫阿宁姐了，她不认我这个妹妹的。小髻把手伸进衣袋，把那张被汗水濡湿的纸票扯得粉碎。

八

“明天，我想休息一天。”小髻惊讶自己怎么这么轻易就把话说出了口。请假的事，她一直犯怵怎么说才好。想到不过是雇人的与被雇的，心里反倒轻松多了。

阿宁觉出今天的话头味道有点不对。往日小髻有什么事，就说什么事。比如上公园，比如逛商场，总是快去快回，什么时候到家，就马不停蹄地开始干活儿，并不曾说过“休息一天”之类的话。

“费费病了。你的事改天再办行吗？”阿宁强压住不满，跟小髻商量。

是的，费费病了。小髻一阵心软。可答应了田大妈的，怎好悔约？再说，星期天你们都在家，干吗非得剥削我这一天？“不行。”小髻还不曾当面顶撞过阿宁，但这一次，她坚持自己的要求。

这个小髻，近来学坏了！想必是听了什么人的闲言碎语，变得这样不安分，阿宁思忖着，话说到了这份儿上，闹僵了对大家都不好。便点了点头：“好吧。你就休息一天吧。”

星期天的城市，苏醒得比平日晚些。干燥凉爽的晨风在打扫洁净的街道上快活地跑着，把小髻的衣衫像风帆一样鼓起。

田大妈已经在那里等着了。地上是一大堆杂乱的书刊和一块大塑料布。

“把它们按类归好。摆在地上。”田大妈指挥。

书摆好了。都是过期刊物。封面花花绿绿的，像地面突然铺起一块斑斓的地毯。

“看好了吧？这事再容易不过了。卖书，一毛钱一本。一手交钱，一手交货。留神别叫人白拿跑了就成。你看着卖吧，我还得看车去呢！”田大妈交代完了要走。

事，按说不难，可小鬐心慌意乱：“大妈，我可不会吆喝呀？”

“我的傻姑娘！这不用吆喝。你给我老老实实站着看摊就行了。自有人来问你，只怕你会忙不过来呢！”

会是这样吗？小鬐孤独地站在那里。寂寞的杂志被风掀动书皮，发出哗啦啦旗子一样的声响，小鬐听起来，有点像家乡风吹苇叶的声音。

要是这样一直站下去，就糟了。小鬐开始后悔轻易地答应田大妈。

幸好这只是很短的一段时间。过往的人们，先是注意到这个眉宇间略含忧郁的姑娘，其次注意到她脚下斑斓的书。

“这是卖的吧？”有人问。

小鬐点点头。她的普通话已经很纯正了。但她不自信。能用动作的时候，便不张口。

“怎么都是旧的？”

小鬐不答话。自己能看明白的事，何必再问。

“多少钱一本？”

“一毛。”这是非回答不可的。在这么多生人面前抛头露面，真是太难为人了。

“什么新的旧的！没看过的，就是新的。”人们被一毛钱的低价所感动，自我解着嘲，纷纷挑选掏钱。

北京人爱凑热闹。见这儿围拢了一群人，凑上来的人就更多了。一手交钱，一手交货，小髻买卖兴隆。不知不觉中，脚下的地毯菲薄起来，有的地方已露出灰白色的空地。

“请问，这杂志有第四期吗？”一个很清朗的男低音隔着几个人问。

“没有，有的都在这儿摆着，找不到就是没有。”小髻抬起头，不觉愣了。

问话的正是姐夫沈建树！“不卖了！不卖了！”小髻手忙脚乱地将剩下的杂志归拢到一块儿，好像这样能弥补自己的失态。

沈建树只看到一个小姑娘在低头售书，没想到竟是自己的堂妹。

在窄窄的家里，他们原没有多少机会说话。所有支使小髻的指令，都是由阿宁发出的。沈建树没有精力也没有心思管。他缺一本资料，想在这旧书摊上碰碰运气，不想竟这么巧！早知如此，该绕过去。

“姐夫，你别对姐姐说。”小髻央求道。

沈建树点点头。看到小髻风尘仆仆的样子，又很有些于心不忍。一个小姑娘，若不是为了给自己带孩子，何至于背井离乡呢！想起阿宁说小髻不买票的事，他总有点难于相信。纵是真的，也只能说小髻家的经济太窘困了。他去过家政服务处，知道阿宁给的工资太少，私下说过几次，阿宁也不听，反说他把亲戚当外人了。

沈建树掏出身上的钱，说：“你这些书是帮别人代卖的吧？就算我买了。你把钱交给人家，回去吃饭吧。”

小髻很感动地看着姐夫，突然觉得他有点像电视中的那男主角，那么亲切。当然，沈建树绝没有那么潇洒，可他的神情像。

小髻不接钱：“我答应了帮人家卖书，就得把这事办好。我不光是为了挣点钱，我想看看自己能不能在北京这儿干点事。”

沈建树微笑了，这已经不太像最初那个拘谨的乡下姑娘了。

“怎么，姐夫不相信？”

“不是。我是说，你真要干事，就该干点比这有意义的事。你可以看书，学点东西，电视里每天都有讲座……”

小髻若有所思地点点头。

姐夫走了。

田大妈好像从地里钻出来似的，突然出现在她面前：“饿了吧？我给你带了包子，快趁热吃吧！”

小髻顾不得说谢，狼吞虎咽地吃起来。全忘记了城里的女孩子，即使在这时候，也是一小口一小口地去揪，斯文而娇柔。

吃饱了，小髻这才恢复了平日的安静。有些腼腆地说：“大妈，这是包子钱和粮票。”

“快别这么见外！大妈这就给你钱。”田大妈说着，将手绢包里的卖书款抽出一张，“这十块是你的辛苦钱，别嫌少。”

小髻双手推拦：“大妈，这书是有本钱的。我不过站着看看摊，哪儿能要这么多钱！”

“姑娘，你要是硬不要，就是嫌少，大妈可就拿你当外人了！”田大妈佯装着沉下脸。

“这……”话说到这个份儿上，小髻只好把钱收下，心里高兴得怦怦直跳。十块钱，抵上给姐姐干半个月了。

大妈没有说以后还要不要小髻帮忙卖书，小髻自然也不好问。

“今天有个人，想找一本《计算机》第四期。”这个问题，小髻可得问清楚。

“这可难了。咱们的书，是从废品收购站买回来的。按废纸的价买，照咱们这个价卖，哪儿能不赚钱呢！当然这得有熟人，请客送礼。不过还是咱的赚头大，这你也看到了……”

小髻点点头，她拿的钱，不过是几分之一。

“话又说回来，人家卖什么书，咱才能有什么书。所以，要想指名道姓地找哪本书，那才是大海捞针呢！你知道人家卖没卖呢？就是卖了，那么多废纸旧报，谁能担保一定能过咱们手给挑出来呢？也许这期在咱地摊上摆着，下期在哪个小贩手里，正给人包五香花生米呢！”

九

阿宁感到了小髻的离心离德，又苦于没有办法弥合。日子疙疙瘩瘩地朝前过着。小髻每月请两天假，既不多，也绝不少。如果阿宁批的时候不那么痛快，小髻就会甩出一句："那你扣掉一天的工钱好了。"阿宁不由得想起政治经济学里讲过的工人自发反抗之类的话，不敢再坚持了。要知道，她每天不在家，小髻若真来个消极怠工，冷淡了费费，她可吃不消。

沈建树和小髻的关系倒很密切。沈建树给小髻带回一些书，有时阿宁吩咐小髻干事，沈建树听到了，不声不响就去做了。

"这算怎么回事！一家子人，就我唱黑脸。你想让小髻在咱们家学成一个大学生吗？"阿宁冲沈建树嚷。当然是趁小髻不在家的时候。

"读些书，总没有坏处。我总想，小髻到咱们家一趟，该让她学点东西。大家都是一样的人嘛！"建树很诚恳地说。

阿宁再说不出什么。一个受过高等教育的女人，总不能反对自己的堂妹学习现代科学文化知识吧？于情于理都说不过去。可一个当保姆的，学这些还能安分守己地做家务带孩子吗？小髻刚来时多纯朴老实，现在变得油滑多了，城市真是个大染缸。小髻的心思，她现在越来越摸不准了。

阿宁把上班时必带的一本资料，放在家里。

小鬐抱着费费看电视，不时亲亲费费的小鼻子。费费的鼻子很像姐夫，高挺而周正。费费的嘴很像姐姐，薄而棱角分明，并不难看，却总叫人觉得不可亲。

费费这阵听话，小鬐正好安心听课。不想，听见钥匙开门的声音。

会是谁呢？小鬐凭着女人的敏感，立即断定这是姐姐。她迅即扫了一眼四周，房间很整洁，费费浑身上下也收拾得很干净，就是厨房里还泡着一个碗。那是给费费蒸完蛋羹的碗，不泡很难洗。这该算不了什么吧，阿宁姐也常这样做的。

“下面，请同学们把书翻到第九十页……”一个温和的女中音，打断了小鬐的忙碌。

怎么把这个给忘了！小鬐赶紧走过去，啪地把电视关上，把罩子蒙好。

“有份资料忘记带了，只好跑回来一趟。”阿宁面色有些发红，对小鬐解释。

这是姐姐的家，姐姐什么时候想回就什么时候回，犯不着说这么多话。话说得多了，就露馅。然而小鬐还是很紧张，这是主人在冷不丁抽查她的工作。

还好。一切都井井有条，不是匆促之中现收拾打扫的。费费也很乖，身上散出好闻的儿童霜气味。无论阿宁眼光多么挑剔，应该说小鬐都是一个称职的保姆。

不过，屋里有一种气氛。那是人片刻之前还沉浸在另一种情绪中，霎时转不过来的表情。连费费都直瞪瞪地看着她，好像没缓过劲来。

阿宁又不动声色地环顾屋里。电视机罩是歪的，她走过去抚平，用手指触了一下荧光屏，温热如费费的额头。

“小髻，你在看电视？”

“嗯。”小髻回答。

“这么好的天，该多带着费费到楼下去玩。一天关在家里让他看电视，眼睛会受影响，也许变成对眼。”

“没那么严重吧？”小髻心里不服。

“你再来看。”阿宁走到电表前，“这个月走了这么多度。天天看电视，光电费，就是一笔不小的开支。”

小髻不语。电表转盘飞速旋转着，红色三角标志一晃而过，片刻后又折返回来。好像一个红衣小姑娘在骑旋转木马。

“电视机我已经关了。”小髻低声说。

“这是电冰箱在耗电。”阿宁叹了口气，“你也许觉得我太小气，可钱就这么多，不当家不知柴米贵。你也得体谅我。”

小髻点点头。她不是不讲道理的姑娘。阿宁姐说的是实话。

“彩电显像管是有寿命的。看一小时就少一小时。我和你姐夫，除了工资，没别的钱。一天多开几小时，别人家的能用十年，我们这台五年就得坏。就算到时候能攒出再买一台的钱，求人走后门，还不知买到买不到呢！”

阿宁买这台彩电真是费了力气。父母在外地为官，是很清廉的那种。她和沈建树都是普通技术人员，朋友也都是清高而没有实权的，为买彩电，颇费功夫。后来还是出高价托人从黑市买到的。

作为亲戚，小髻该体谅难处。作为保姆，主人把话说到这份儿上，小髻还有什么脸面再看下去呢。

“姐，我有封给家的信，你帮我发了吧。”小髻领着费费往田大妈看车方向走，那边没有邮筒。

阿宁并不是从一开始就打算拆看小髻的信。如果她在路过第一个邮筒的时候把信丢进去，就什么都不会发生了。可惜，她忘了。职业妇女步履匆匆，她走过好久才想起来。往回走，去发一封信？算了吧，投到单位收发室也一样，最多慢上一天半天的，那有什么呢？农村生活节奏慢，早一天晚一天有什么关系！

收发室正巧锁了门。待一会儿再进去吧。阿宁把信放在自己办公桌上。信封上那个熟悉而又陌生的地址，唤起了她的记忆。曾几何时，她曾那么热切地盼望过它的回音。他们把小髻送来了，不知小髻同他们说了我些什么？她对北京的一切满意吗？大概不会太满意，我对小髻不错，起码是尽了我的能力。小髻要求太高，她总以为是亲戚做客，帮你的忙，干多干少都只凭自己高兴。大家的价值观不一样，衡量起来就有差距。但我希望小髻不要说我的坏话，多想想彼此的好处，多体谅一下对方的困难。最好不要把闹过的那些纠纷让她的父母知道，那样，也许会给老家乡亲们一个坏印象。阿宁不在乎印象好坏，她一辈子也不会回那个鬼地方。可阿宁怕因此影响了父亲在家乡的口碑。爸爸虽然因为忙，多少年不曾回去，但老人心里是很眷恋那块故土的。

小髻稚嫩却很工整的字迹，神秘地摆在面前，里面是对家乡亲人讲的心里话。

阿宁把信封拿起来，对着阳光晃了一下。信封很厚，隐约可见折成两叠的信纸轮廓，字却一个也看不清。

阿宁拿起剪刀。这很容易，只要咔嚓一下，所有的秘密都尽收眼底。可是，慢着。她受过高等教育，她是国家干部……阿宁把剪刀放下了。

信封庄严地面对着她。

为什么不可以看看呢？要知道，我是她的堂姐，这是至亲至爱的关系。我有权利知道她在想什么，也许遭遇什么困难，碰到什么解不开的难题，需要帮助或出个主意……

无数冠冕堂皇的理由涌上脑际。干练的女程序设计工程师不再迟疑，她把剪刀换成一枚小巧的大头针，把信的封口处轻轻挑开，这样复原的时候，不容易留痕迹。

“哼！看过之后，我差点想给她撕了！哪儿能这样釜底抽薪！”阿宁气得全失了平日的矜持。

“到底是怎么一回事？”沈建树着急地问。

“小髻在信中跟她父母说，一个人在外，没人管没人疼，天天想家。叫她父母接到信后，发封加急电报，就说她母亲病了，她就回家走了！”

怎么能有这种事！

“你怎么能偷看她的信呢？”这是沈建树觉得不妥的第一件事。

“幸好偷看了。要不然，哪天她卷起包袱一走，给你个措手不及，看你怎么办！”阿宁冷笑道。

找托儿所和保姆的艰辛又浮上心头。小髻，你这又是何必呢！你愿意干就干，不愿意干可以走，这样惊动家长一块儿骗人，弄得我们不知道，还要为你和你母亲着急，费费又没有人管。不要说人世间，单一个家庭，就这样复杂！他没有办法。

“实在不行，我再到家政服务处看看，也许我们的表快排到了……”沈建树没多少把握。

时至今日，阿宁又想起小髻的种种好处来，这一年她能安心上班，从不担心家里，不都是因为有小堂妹吗！也许，自己做得太过分了？

是啊，以前归以前，现在重要的是怎么办？

“信，你怎么处理了？”沈建树念念不忘的还是那封信。

“我给她发了。你放心，粘得牢牢实实，看不出破绽。”阿宁这点起码的道德还是有的。

“这么说，电报很快就会来了？”

“是的。”阿宁有气无力地说。

小髻罢工了。这也许是雇工们最严重的反抗行为。阿宁对沈建树说：“这两天，咱们都对小髻好一点。”

“只怕来不及了。小髻又不是孩子。”

“姑且一试吧。硬拦着不让走，不可能。再说强扭的瓜不甜。真要撕破了脸，大家都不好看。咱俩不是每人有半个月的休假嘛，先拿出来看费费。走一步算一步吧。”阿宁的主意是唯一的办法了。

电报是邮递员交给沈建树的。他真想推辞不要，请邮递员直接给小髻。

“给，小髻。你家的电报。”沈建树低着头，没看小髻。

“什么事？”小髻故作镇定。

“我没看。”沈建树真不愿看到那张单纯明朗的脸上，出现虚伪的表情。

“哎呀！我妈妈病了！这可怎么办呀？也不知道是什么病，我得赶快回去，看看我妈妈呀！”小髻惊呼一声，就哭了起来。刚开始还偷偷观察一下姐姐姐夫的表情，一会儿，就真的痛哭起来。这么长时间，她从没有机会大声呼喊过自己的妈妈，看着电报，好像妈妈真在望眼欲穿地盼自己回去，不禁热泪滚滚而下。

阿宁急忙过来劝慰。看堂妹哭得这般伤心，她几乎怀疑这封电报是真的了。不管是真是假，如果她还想留住小髻，只有拿出最大的热心和关切来。

“小髻，别哭了！我这就托人去给你买票。再给你父母带些北京特产和各种补药，也许就会好的。要是你们那儿医疗条件不好，你回来时和你妈一块儿来，我们找最好的医院……”

沈建树真想逃出这间房子去。他不能容忍面貌这么酷似的两姐妹，他那么喜欢的两个女人，彼此情真意切地欺骗着。

“建树，你抽个空问问小髻还回来不？咱们也好做个长远打算。”阿宁趁小髻不注意，丢给沈建树一句。

“小髻，你还回来吗？”这也是一句虚伪的话。小髻既已处心积虑想出要走的计谋，她怎么还会回来呢！沈建树却不得不问。纵是欺骗，他也需要一个回答。

“我妈病要是好了，我就回来。要是病不好，我就得在家侍候她老人家了……”小髻不敢望姐夫的眼睛。那眼睛正深沉地注视着小髻。

这该不算一句谎话吧？

大人们在做什么？沈费费好奇地用浅黑色不曾见过人间丑恶的眼睛，从这个人身上，转到那个人身上。

十

火车隆隆地响，车厢里亮着幽暗的光。窗玻璃很黑，像一面黝亮的墨镜，照出小髻白净椭圆的脸。女人比男人爱照镜子……法国女人平均每人每天要照一百回镜子……这是小髻从田大妈那些杂七杂八的杂志上看到的。电视讲座阿宁姐不让看了，抽空看点闲书总管不着吧？况且看这种书比学虚无缥缈的外国文要有意思得多。既不觉得虚度了光阴，又迅速地充实了知识。小髻终于发现城里人的秘密了：不就是头发怎么烫，衣服怎么穿，加上毛衣编出多少种花样，一块豆腐能做出几十种吃法吗？！这没什么了不起，小髻也学得会！只是这次走得匆忙，没来得及同田大妈道个别，小髻觉得有点过意不去。

别了北京！这个巨大而明亮的城市渐渐向后隐去。小髻听到有节奏的铁轨在千百遍地重复着同一句话：快快回家！快快回家！愈来愈响地进入了她的梦乡。

“髻儿！你总算回来了！看瘦成了这个样子！我早知道城里人不实诚，你偏要去！快歇歇，妈这就给你做顿饱饭吃！”妈妈用手摸索着小髻，好像单用眼睛证实不了这就是朝思暮想的女儿！

这就是故乡！小髻每晚在紫花布幔里想过无数次的故乡！距离像一块模糊的毛玻璃，滤去了所有不美好的印象，留下的只是一个朦胧而温暖的轮廓。待你真的走回家乡，才发现她依然古老而陈旧。

“妈，别冤枉人。阿宁姐家饭是管饱的，是我自己想苗条些。”小髻轻轻将妈妈的手挪开了。那痒酥酥像小虫子爬一样的感觉，虽然亲切得令她想偎依到妈妈怀里，可新做的发型禁不住妈妈粗糙的手摩挲。

苗条是个啥东西呢？妈不懂，妈到城里去的时候，城里还是以壮为美。时代不一样了，乡下人也讲究用城里的眼光看人。要不，怎么能有人光看了髻儿捎回来的相片，就托人上门提亲。

“是个万元户呢！人家上门求的咱，说要找一个见过世面的女孩。妈生怕不让你回来，就发了电报。”

家乡也有了万元户？！小髻与其说是对婚事，不如说是对万元户的能干来了兴趣。在阿宁姐家，每逢看到电视里的农村，她就想到自己的家乡：什么时候才能富裕起来？没想到这么快，家乡就有了万元户了。

走在山村羊肠般的小路上，小髻才从从容容打量了生养她的这块土地。山是绿的，水是青的，天空湛蓝湛蓝，和梦中多少次出现时一模一样。只是房子变小了，人的背仿佛也更驼了。也许是小髻的眼睛变大了。就像自家住的那栋破屋，歪歪斜斜好像就要倒塌，其实它已经那样歪斜了几十年，再歪斜几十年，也不成问题。小髻越发急切地想看到那个农村中率先富起来的穷人。

一幢新盖的房屋，确实不同凡响。到处散发着新鲜木料的香气。

进到屋里，气味变成了浓烈的油漆味，使小髻想到北京马路上飞驰而过的摩托或是抛锚的拖拉机。

小髻忽然想上厕所，便一个人溜出来。这么漂亮的一所新宅，厕所该盖在隐蔽处的。小髻便寻往后院。突然，她闻到一股焦糊的橡胶气味，像是塑料底鞋踩在红煤球上，呛得人喘不过气来。

“这是什么味？”她问身边一个短打扮的年轻人。看来是这家雇的伙计。

“这是钱味。”那人一本正经地回答。

小髻越发不明白了。

年轻人给她解释：“我们就是干的这个活儿。从城里收来旧橡胶内胎，把它化了再成型，做出东西卖，就赚大钱了。”

“做成什么东西呢？”小髻想不通。黑色的汽车内胎除了打足气扔到江河里当救生圈，还能有什么用途？

小伙子却不肯讲下去了。“你到茅厕里看一看，自己就知道了。”

小髻越发急着要找茅厕了。

踏破铁鞋无觅处，使劲用鼻子去嗅，山野中的空气凛冽，加上橡胶味遮掩，提示不了方位。小髻突然醒悟到自己错了。房子是新的，可茅厕还在老地方。她退回到大门前。果然，在祖祖辈辈遗留下来该建厕所的地方，与崭新院落极不相宜地搭着一处简陋的茅厕。

小髻提着裤腿走进去。地面潮湿阴暗，搞不清是雨水、露水还是尿水，实在无处下脚，只得翘起脚尖，让高高的鞋跟委屈在泥泞之中。地上甩着些边缘圆滑的石块，外表不甚粗糙的树棍，结成团的土坷垃……小髻知道，这就是乡下人的手纸——经济实惠，还可以再生。在人眼看不到的犄角旮旯，还隐藏着女人们专用的物件。蜘蛛在上面结网，蜗牛从上面爬过，留下一条鼻涕般银亮的线……小髻不由得打了个冷战，她看见一条肥胖的蛆虫，正沿着她红色的鞋跟往上爬，沉着得像闹市中的无轨电车……她猛地一跺，蛆虫像登山队员一样坠落下去，片刻之后，又毫不气馁地重新开始……一只贪婪的猪娃，正从与茅厕相连的猪圈摇摆着走过来，尾巴快乐地卷出一个漂亮的“8”字。人的粪便，是它一顿佳肴。

一切是那样熟悉，又是那样陌生，小髻在这样的茅厕中进出过多少年，今天竟觉得一分钟也待不下去。阿宁家的厕所，是一间小小的独立水泥房间，姐姐很爱干净，终日打扫得清清爽爽，还有一种淡淡的消毒水气味。临街有一扇不大的窗户，白天可以看到过往行人，晚上可以看到闪亮的路灯。靠墙的搁板上，还放着几本消遣的书……在远离京城的地方，小髻竟如此鲜明地回忆起阿宁家厕所中的所有细微之处。包括第一次上厕所时，因为居高临下，因为能看到那么多人影，她产生出一种不安全的恐惧感……农户的院落，第一是实用。院子的一边是柴草垛，另一边就是茅厕和猪圈。为什么不可以移到院落背后？可以的。但没有人做这种移动，随着一股刺眼睛的腥臊气，小髻终于明白这户富裕人家生产的是什么货色了。靠墙处摆着几个橡胶外带，水囊一样，厚而结实，农民们买了去，盛满稀薄的粪尿。用扁担挑着，去肥各家的责任田。陶罐易碎，木桶易糟，唯有这再生橡胶的，轻便省力，想必生意是很红火的。庄稼一枝花，全靠粪当家。乡下人并不认为粪便是什么可耻的东西，也不觉得打造盛粪便的器皿是什么不光彩的职业。但小髻受不了。她想念阿宁家那间小小的水泥房子，弯弯曲曲的下水道管子，才是排泄物的归宿。直到这时，她才发现自己的心，已经不再属于生养她的这块土地了。

“髻儿，看了这么半天，你到底觉得怎么样，也该给妈一句痛快话。妈不糊涂，不包办，大主意你自己拿。”妈妈做出很开明的样子。

怎么样？妈妈问小髻，小髻问谁去？单看了一面，谁知道谁怎么样？那个人不难看，谈吐也还精明，小髻的一辈子就跟他过了？婚姻就是这么一回事，怎么跟电影电视剧里那些缠绵悱恻的故事一点不一样，还没开始就要结束了？

“髻儿，妈知道你的心，进过城刚回来，看哪儿都不顺眼。可城里不是咱们的家，乡下人的根子在土里。孩子，收收心吧。成家过日子，就不会想那么多了。”

妈妈的声音，苍凉而悠长，山里女人一辈一辈就是这样走过来的。小髻难道能挣得脱吗？

阿宁姐和姐夫，不要埋怨小髻的一去不返。好心的田大妈，不要奇怪小髻怎么不辞而别……还有不懂事的费费，忘了你的小髻姨姨吧，我们原不是一种人啊！

小髻痛苦地点了一下头，她的终身大事，就算这么定了。她到城里去过，就这么回事，什么也改变不了。城市像一只巨大的樟木箱子，每一个装进去的人都沾染上一种城市味。风吹日晒，用不了多久，它们就会稀薄下去，被山野的雨露冲刷得无影无踪。

小髻站在自家屋后的树丛里，任泪水无声流下。脚下有极细微的声响。她俯下身，借着朦胧的月光，看到地面有个纽扣般的小洞，一个丑陋的马猴一样的小昆虫挣扎着，从背上裂开一道不规则的细缝，一个柔软细腻的躯体从中奋争而出。它的翅膀是嫩绿色的，敛在一起时像一柄优雅的折扇。翅膀一点点张开，像是一件翠绿色的纱衣。这是秋蝉。到了明天早上，它的翅膀变成透明的黑裙，驾着它，飞上高高的树梢，把久居地下的梦，变成现实。遗下孤零零的蝉蜕，任下落的树叶将它掩埋，最后像炸得过薄的油饼屑，化为碎尘。

蝉儿也许不该到高处去，那儿太冷……

“髻儿——回来——”是妈妈在叫，像是儿时唤她回去吃饭。爸爸不管小髻的事，女儿终是人家的人，嫁给谁都一样。小髻朝自家灯光走去，农村的窗口也要比城里的小，不需要读书写字的人，不需要那么多光亮。窗户小些，夏天少进阳光，冬天少进冷风。

一个老迈得分不出男女的声音在说："人都讲'底下都一样，脸上分高低'。不对，不对，人和人哪儿都不一样。"

"婆婆见得多了，自然一眼就看得出。"这是妈妈在答话。

屋里是谁？噢，想起来了。大家都叫她稳婆婆，会接生的。小髻还是她接到这个世界上的呢！只是自己家里并没有产妇，这么晚了，稳婆婆到这儿干什么？小髻感到隐隐的不祥，朦胧之中好像有什么危险向自己切近。她倚在门旁。人在弄不清底细的时候，往往愿意先藏住自己，也许，是为了更有效地躲避吧！

"小髻这孩子，怎么还不回来？"妈妈的话中流露出焦急。

"不慌不慌。今日不在，还有明日。那家央了我来，原也说要在白花花的日头底下，才好看得分明……"

"那就又要辛苦婆婆了。"妈妈不过意地说。

"若是髻儿一直在乡里，也就不必过这道手了。哪家的妹子咋样，人人都看得见的。进了城，抹了层洋釉子，人家就不放心了。"

小髻好像听明白了，心中咚咚跳，血呼呼往上顶，又好像什么也不明白，不到那话清清楚楚说出来，她便不敢去想。

"自己的女儿，我还是心里有数。"

稳婆婆察觉到了妈妈隐隐的不满，忙说："我也是这样讲，从小看大的妹子嘛！可人家有钱了，气也粗了，一定要验明是童身的姑娘。还说什么，给姐姐家帮佣，谁不知小姨子有姐夫的半个屁股……"

小髻如同被雷击了一样，歪歪斜斜站立不住，只觉得一盆尿水自天而降，兜头兜脑洒遍全身……

家乡在泪水中模糊起来，眼前闪出一排排亮晶晶的星星。那是城市不夜的灯火。阿宁姐和姐夫，还有小费费在等着她。在那里，她有可能开始一种新的生活，而留在家乡，她一生的命运，今天晚上就定下来了！

不！不能！

“我家小髻，随婆婆怎样看，也是不怕的。”妈妈口气里颇透着自信。

不！妈妈！小髻怕，怕得心里胆寒。她用手紧紧护住腰身，好像黑暗中有一只巨手，就要将她全身衣服掳掠而去，赤身裸体扔在野外。

“是嘛！听说城里也都兴起婚前检查，谁想我这稳婆婆，老了老了，又派了新用场……”

小髻无力地垂下头。稳婆婆是年老而衰迈的，但小髻敌不过她。古老的故乡有那样强大的威力，它能容纳进一切却不会被改变。连生她养她的妈妈，也加入了进去。小髻不怕查，她一如妈妈生她到这个世界上时一样清白。可她不能忍受这无端的侮辱，让一双老眼昏花的眸子，在阳光下像贼那样窥探，然后把一个姑娘最珍贵的秘密，讲给一个愚昧而粗俗的男人……不！无论他多么有钱，他没有权力像出售他的尿桶一样挑选小髻！

门吱嘎一声响了。“婆婆走好，明天我和小髻到你家去。”

最后的一缕血脉断了。飞上树梢的蝉儿，无论它愿不愿意，都再不能回到蝉蜕里去。这是蝉的悲哀，也是蜕的悲哀。

“妈，明天我就回去了。您多保重。”小髻尽量平静地说。

“放着现成的好日子不过，怎么一定要去侍候人？告诉妈，是不是城里有什么人，勾住了你的魂？”妈妈自以为猜得很准。女孩家除了嫁人，还有什么更重大的事？

该怎么跟妈妈说明白？也许，这本来就是说不明白的一件事？小髻支吾着：“就算……有吧……”

“真的？”妈妈绝不是好哄骗的，“莫不是骗你耍吧？你仔细讲讲是个啥样的人？”

谎话是不能开头的，小髻只好顺着编下去。“他个子很高，戴一副眼镜，嘴巴抿得紧紧……”

“妈不是问这个。长相好坏倒在其次，这人是干什么的？”

“是……”真难煞人也。小髻一顿，一个现成的答案又像是早就准备好了，脱口而出，“是大学生。是工程师……”

妈有点狐疑。天下会有这么好的事？该不会是个骗子吧？“那人的脾气品德怎样？你好好给妈说一说。”乡下老女人自信凭着多年看人的经验，只要女儿详详细细讲个周全，她就能识出其中的真假。

话说到这个份儿上，只能前进，不能后退了。小髻不忍心骗妈妈，可她知道，唯有这个强大的理由，才能帮助她再次离开，她强迫自己镇定，有板有眼地说下去："这个人呀，又忠厚又老实，从不大声说话，脾气可好了，心肠也好，对小孩子特别亲热……"小髻突然停了嘴，她被自己吓了一跳。

这个人是谁？高高的个子，紧抿着的嘴巴，大学生，工程师，好脾气，好心肠……这不是姐夫吗！

姐姐呀姐夫！小髻可绝没有恶意。姐夫是小髻唯一见过最值得佩服的男子汉，慌乱之中，只有依照姐夫的模样，画出自己心中的那个人。

妈妈还是听出了破绽："对小孩子好不好，你怎么知道？莫不是个离了婚拖着孩子的男人？"

"妈，你为啥偏要把女儿的事往坏处想呢？"小髻实在无法继续圆说她的谎言，真的气恼起来，积攒下的满腹委屈，化成抽抽噎噎的泪水，洒在妈妈怀里。

妈妈长长地叹了一口气，算是结束了这场艰难的对话。女大不由人，妈是管不了啦。许久许久，妈妈像是自言自语，又像在谆谆告诫小髻："这样好的一个城里伢子，有多少姑娘争抢，他为何一定要娶你这个乡下妹子呢？"

小髻必须回答这个问题，她给自己打造了一支锋利无敌的矛，还需给自己铸一面更加坚固的盾，她必须说服妈妈，也就是说服自己，在城里寻找她的幸福，可是，她到底有什么，值得那个在实际中并不存在的男人娶她呢？除了自己的身体，小髻一无所有。

于是，她只好说："因为妈妈把我生得漂亮呀！"说完之后，小髻不好意思了。每个姑娘，可能都在暗地里自信自己的美貌，真要当着外人，哪怕是自己的妈妈说出这一点，还是难为情的。

美貌是上天赐给女人的田地，它一代一代传了下来，既长莠草，也长大树，全看每个女人自己怎样耕耘。

妈妈相信了小髻的话，并因此生出淡淡的欣慰。她对得起女儿，凭着祖先和妈妈所给予的，女儿毕竟要过跟妈妈不同的日子了。只是好脸蛋好身段，带来的可不一定是好运气，女儿终有老了的那天。小髻太年轻，可不要被人骗了。城里是人人向往的地方。乡下老太太虽不知道户口工作的安排究竟有多艰难，单凭阿宁父亲那么大的官职，几十年来不曾安排下家乡的一人一丁，也深知此事不易了。母亲没有本事把女儿生在城里，女儿自己要去闯，挡也挡不住。她只有充满慈爱和忧虑地说："一定要明媒正娶。要先把照片寄回给我看看。娘家相亲时人不在，叫你阿宁姐去看看。结婚的时候我要去的。婚事一定要办得像样，不然会一辈子被人看不起的。记住了吗，髻儿？"

小髻不敢看妈妈。一个谎话，竟惹出妈妈这许多话。不管怎样，她要再到城里去一次。乡下自然会慢慢好起来，但小髻等不得了。好起来是儿辈子的事，小髻却只有这一辈子。城里人也并不见得怎样聪明，只不过他们的运气好罢了。父亲和叔叔，当初不就是只差一步吗？要是爸爸去当红军，今天的阿宁姐的位置，不就是小髻的吗？可惜，现在不打仗，也没有人招红军了。小髻觉得如今自己这样受难，都怪父亲当年错走了一步。便有些怨恨自己的父亲。又一想，若是父亲当了红军，枪子不长眼，没有叔叔的运气好，不定在哪个荒郊野外做了烈士，又哪里来的小髻呢！父一辈的事，都过去了，小髻要试试自己的命运。

妈妈睡着了，小髻抚摸着妈妈嶙峋的手臂。小时候，她觉得这手臂温暖粗壮，无论有多少烦苦，妈妈都会把她解救出来，都会把她香甜地送入梦乡。如今，手臂上的皮肉松弛了，里面包裹的骨骼疏松而脆弱。小髻暗下决心，以后要堂堂正正接妈妈到城里去，过安逸的晚年。

小髻错了，妈妈并没有睡着。

十一

小髻复归，阿宁欣喜异常。费费没人带，打扫房屋买菜做饭，两个人轮流值日，眼看到了重新上班的日子，真愁得一筹莫展。小髻突然风尘仆仆地出现在面前，怎不令人喜出望外。终日辛苦，使阿宁意识到小鬈平时所付出的巨大劳动。疲惫之余，小两口不停地念叨小鬈会不会回来。堂妹离去造成的空白，使阿宁像怀念一个死去的朋友一样，检点起自己的苛刻，回忆起小鬈的许多好处来。

小鬈这一次回来，仿佛长大了许多，勤俭而恭顺，时时皱着眉头，像有一肚子的心事。对阿宁，有时简直逢迎讨好，连沈建树都看得纳起闷来。

“姐，我不想回老家去了。你帮我想个法，长留北京吧。”小鬈鼓起勇气对阿宁说。偌大一个北京城，她要想站住脚，只有求这唯一的亲人。话是对阿宁说，小鬈还是挑了个姐夫也在的场合。她知道，沈建树不会不管的。

这些天小鬈变乖的原委原来在这里！阿宁恍然顿悟，她原以为是老家的伯父伯母对他们的女儿进行了某种教育，没想到是这样！只是留北京，谈何容易！就是最现代化的电子计算机，只怕也解答不了这个问题！

只有一条路，就是读书。成绩好的考上大学，从此进入另一个阶层。这是所有向往城市的农村孩子，唯一光明正大的出路。

只是，小鬈行吗？多少教授工程师的孩子都进不去的大门，对一个只读过初中的农村姑娘不是虚伪的欺骗吗？纵是阿宁舍得她的电视显像管，不吝惜她的电费，小鬈终日在家里读书，阿宁也没把握她能闯过那座独木桥。

望着小髻那双酷似自己的渴望的眼睛，阿宁真不忍说出真实的想法。小髻想得不算过分，假如没有四十几年前那场变动，也许她和小髻的位置恰恰颠倒。今天就不是小髻求她，而很可能是一个粗鄙的乡下农妇在求一位盛装的城市小姐了……她不由得愣怔。有许多事情是不可以这样退回去重新“假如”的。现在的问题是：她梁阿宁需要一个踏踏实实全心全意照看费费的小阿姨，她不应绝了小髻的望，应该有一束希望的火花总在前方闪烁，小髻才不会再演出假电报之类的活报剧。但她终不能红嘴白牙地骗人，给小髻打什么包票，于是便含含糊糊地说：“这个事，别着急。我这就给你托人打听，看有没有办法留下。”

沈建树皱着眉头没说话。除了岳父动用自己的权力，小髻的事或许有一点办法，其他的主意，他认为都不现实。搞一个北京户口，真是难于上青天！也许阿宁愿意求求她父亲？只是那个倔老头为人清廉，只怕未必能办。况且他人在外地，鞭长莫及。但沈建树不愿把自己的顾虑说出来，不愿让这件事还没办就罩上阴影。

小髻满怀希望地开始了等待。在她眼中，姐姐姐夫都是有大本事大学问的人。他们既答应帮助她，那事情就有了希望。她唯一能报答他们的，就是尽心尽力照看好他们的孩子，不让费费受一点委屈。帮姐姐姐夫洗衣做饭，再不提一句有关钱的话。

沈建树实在不忍心，私下里对阿宁说：“你还是叫小髻多休息一会儿。”

“我并没有叫她这样拼死拼活地干，是她自己愿意的。”不管怎么说，小髻近来工作的积极性如此之高，阿宁还是很满意。

“你答应了她，她自然要报答你。而实际上，咱们是办不到的。”沈建树叹了口气。他想调出一个单位尚且如此不易，更何谈对人有生杀予夺干系的户口了！

“我并没有答应她，只说帮她想想办法。我最近托了人去问，有没有愿意找农村姑娘做对象的。人家还没给回话呢！”

想到小髻要用出嫁这种古老的办法，换到进入北京的权利，沈建树不由得心中一阵悸痛。

小髻正好走进来，夫妇俩不愿把八字没一撇的事让小髻过早知道，便急忙把话岔开了。

阿宁姐和姐夫天天声色不动，小髻等得心焦，又不敢贸然去问，只有更加努力地干活，把地板擦得光可鉴人，把费费收拾得像个漂亮的瓷娃娃，谁见了谁爱。借此提醒姐姐，感动姐姐，使大家想到她的问题。

费费已经会学简单的话了。费费要吃棒棒糖，噘在嘴里，像噙一根融化得很慢的冰棍。小髻把棒棒糖从费费嘴里拽出来。

费费张着小手要他的糖。他不明白一向和颜悦色的小髻姨姨怎么变得这样霸道。

“姨姨……糖糖……”

小髻把糖举在离费费鼻子很近的地方。糖味像小虫子一样钻进费费的鼻孔：“费费好孩子，听姨姨的话……”

费费像个幼儿园的小布熊，憨憨地使劲点头。

“等晚上妈妈回来，费费对妈妈说，不让小髻姨姨走，费费记住了吗？”小髻晃着棒棒糖说。

“记住……告妈妈……不让姨姨……走……”费费吃力地重复着。

“真乖！”小髻响响地亲了费费一下，又给他买了一根大大的棒棒糖。

阿宁听完费费好不容易学说完的口舌，微微笑笑，没有答话。

小髻的心有些发凉。看来，不能在这一棵树上吊死，小髻自己也得想想办法。

报纸的左右下脚和中缝，登满了招生招工的广告。闭起眼睛想，就像全北京都摆满了课桌和机床。然而所有的校长和厂长，都绝不吝惜广告费，雷打不动地率先写上：报名者需持有北京市正式户口……

小髻沿着马路，漫无目的地走着。当一个外乡人企图在这座城市永久居留的时候，你才会发现，北京是多么狭小，多么严丝合缝。小髻置身于北京人之中，他们义愤填膺地抱怨着物价，咒骂着交通，说着只有他们才懂的充满儿化音的俚语，好像他们是普天下最受欺压的劳苦大众。但小髻听得出其中的骄傲和自得。只有真正的北京土著，才能肆无忌惮地攻击这座城市。这是一个巨大的透明鱼缸，却没有小髻遨游的地方。

粗壮的金箍棒一样的水泥电杆上，密密麻麻贴着些油印的复写的换房、换工作、城市对换的启事。小髻百无聊赖地打量着。阿宁姐放她一天假，她有足够的时间。她想象着每张条子各自的主人，有的还附有联系电话、具体地址。她突然想记住其中的一个名字，给他打一个电话，跟他说几句话。只是，说什么呢？就说她想要他纸上所写的那间房屋、那个工作？只是人家要问她用什么交换呢？她的房子、她的工作在哪里呢？在那个遥远的人所不知的小山村，她的工作是修理地球？想象中的那个人，愤怒地放下电话，小髻羞愧而又不平地快步而去。

她踩在这块土地上，这土地却不收留她。

突然，她眼前一亮。一家油漆一新的门脸，一张黄白色醒目的告示：本店拟招售货员若干名，待遇从优，欲报从速！附注：只收女性。

小髻几乎觉得这是自己想象过多出现的幻觉。怎么会有这样的好事？怎么没有正式户口一说？

她迟疑地走进这家小小的店铺。若干名是多少名？会不会早已招满？求职的勇气和乡下姑娘的怯场，使她举步维艰。

“请问，招工……是这儿吗？”她尽量大声说，声音还是含混不清。

店主人是个络腮胡子看不出年纪的男人。他用篦子一样细密的目光，将小髻上下刮了两遍，才说：“是。”

接下去是难堪的沉默。小髻不知道再说什么好，那人也并不急着问。

屋内光线很暗，小髻这才看清是家经营服装的商铺，已经有几个与小髻差不多大的女孩子在码放衣物。

原来已经招满了。小髻真后悔，为什么不早一点上街，早一点来到这里！

“你真想干吗？”那男人的话里好像露出某种转机。

“真想干！真想干！”小髻忙不迭地说。

“你要真想干，我就把她辞了，要上你。”那人用粗糙多毛的手指，点点姑娘中的一个。

怎么能这样？小髻就是再想找份工作，也不能抢别人的饭碗！“那我……另找个地方。”

“看不出，你还挺仗义的。”老板嘉许地说，“你要是肯干‘全活’，我就收下你。”

“全活”是什么东西？小髻只知道理发馆把洗、理、吹、剪全上，临了再喷一头花露水叫作“全活”。服装店里，大约是指搬、扛、运、卖叫“全活”吧。无非是苦点累点，小髻不怕。她很肯定地点点头。

“那就好。每个月两百，真能让我高兴了，以后再给你涨！”络腮胡的男人很有魄力地一挥手，事情就这么定了。

什么样的“全活”这么值钱？小髻正在狐疑，络腮胡的手，已经毫不留情地在她脸上拧了一把。

猝不及防，小髻一愣："你！——"

络腮胡哈哈大笑。

小髻愤怒地斥骂道："你耍什么流氓！"

"耍流氓？"那男人真诚地奇怪了，"你不是'全活'都干吗，这算什么！"

原来，这就是"全活"！

小髻失魂落魄地往家走。今天的事，跟谁也不说，永远也不说！

小髻的工作热情显然低落下来。倒不是她有意要怠慢姐姐一家，只是一个年轻姑娘，心里压了这许多的心事，妈妈又一个劲来信问她说过的那个对象怎么样了，闹得小髻再没个能说心里话的人，连对至亲至爱的妈妈也只能说假话。每晚早早钻进紫花布幔，去想自己总也想不出头绪的心事。

这可不行。保姆的工作，数量和质量都很难有确切的标准，干好和干坏可大不一样。阿宁需要一个可靠的后方，费费应该有个快活的童年。只是现在要调动小髻的积极性，实在不是件易事。几块钱、几件衣服，包括温暖体贴的热情话，全都失去了效力。一个人如果时时刻刻在忧虑着自己今后的命运，哪儿还有心思照顾身外的事情呢！得想个办法，使小髻重新振作起来，像上了发条的机器人一样，井然有序不知疲倦地工作。

"小髻，你过来一下，有个事要跟你说。"阿宁破例坐在小髻床上，把紫花布幔子拉过一半。沈建树在正屋里看书，阿宁不想让他听见这场谈话。

“哎。”小髻乖巧地答应着，紧偎着姐姐坐下了。不知怎么，她心有点跳，好像预感到姐姐要同她谈重要的事情。为掩饰自己心中的不安，她用手缠扭着紫花布幔的边角。

“小髻，你也别不好意思。我考虑过了，你想留在北京，最保险最稳妥的办法，就是在北京找个对象。我们单位有个小伙子，大学刚毕业，各方面条件都不错……我跟他把你的情况谈了谈，他说可以考虑……”一向伶牙俐齿的阿宁，这一次竟有些结巴，也许是不善充当红娘的缘故。

天下竟有这样的巧事！大学生、工程师，一切都同跟妈妈说过的一模一样！也许真是上天对小髻格外恩慈，竟早早给了小髻一个预兆！小髻真是从心里感谢姐姐。

看着小髻不由自主地把手中的紫花布幔拧搓成了一根紫布绳，阿宁忙补充道：“这事成不成，现在还很难说。你也别抱太大的希望。成了不要太高兴，不成，也别怨我。”

“姐姐！我怎么能怨你呢！不管成与不成，你待我的这片心，小髻一辈子是忘不掉的。”

紫花布幔抖开后，皱得很厉害。以至于小髻不得不尽量拉向头这一侧，以挡住自己兴奋的脸。至于脚，就让它们露在外面吧。

十二

“哎呀，我的髻姑娘！你到哪儿去了？可把大妈给想死了！”田大妈一边往自行车的闸缝里塞着邮票大的存车收据，一边热辣辣地招呼小髻。

小髻一阵感动，忙向田大妈说明。

田大妈再不敢实施她放长线钓大鱼的计划。一切得抓紧进行。不然，小髻哪天再消失一次，到哪儿去找！

“小髻，有件事，人家托我多时了，你也不要害臊。若是愿意呢，就算给大妈一个面子。若是不愿意呢，就直说，大妈绝不会为难你。”

什么事需要这么长的开场白？田大妈慢慢说下去：“我家邻居有个儿子，岁数与你正相当。干的工作是工艺美术。人家求我给你们俩牵个线。”

莫非冥冥之中真有什么贵人在相助小髻？早知有今天，她又何必没头苍蝇似的乱撞？真没想到，她的难题竟这么容易解决。人家找上门来，媒人又是知根知底的田大妈！

最初的惊喜之后，曾经萦绕过妈妈的迷雾，又像鬼魂似的出现了。既然对方一切都好，为什么偏要找一个乡下姑娘呢？

小髻知道自己漂亮。但北京城的漂亮姑娘多的是，小髻绝不是最出色的一个，就算小髻是最出色的一个，还有远比漂亮更值钱的工作、文凭、房子……是什么人把这一切都抛弃了，来找小髻呢？

想到暗中曾有一双眼睛，将自己审视再三，左右衡量，才做出这个决定，小髻不禁悚然。她固执地保持沉默。田大妈应该知道更多的理由，她理应把事情再讲清楚些。

一向精明的田大妈，稍稍有点紧张：成败在此一举了，弄不好，鸡飞蛋打。她清清喉咙，说："小伙子别的都不错，就是有点——"她像怕吓着小髻，放低了声音才说出来"——残疾。"说罢，大气不喘地盯着小髻。

原来是这样！小髻的第一个反应竟是——松了一口气。她原以为是个刑满释放犯呢！第二个反应才是，这事不妨一试。成与不成，见了本人才好定论。

见小髻脸上并没有多大变化。田大妈又恢复了平日的精明与口才："说是残疾，其实没那么厉害。不过是小儿麻痹后遗症，微微有点跛，干什么活儿，都不耽误。"

小髻试着想象了一下。不成，想象不出来。平日上街，她注意的都是青春勃发、神采飞扬的年轻人，没有留心过跛子。

田大妈半是解释半是发泄地说："北京的姑娘，如今连个中国人都嫁腻了，抢着去嫁洋毛子。就是种菜的老农民，也说不嫁残疾人。其实，脸上抹多少增白粉蜜，也挡不住那黑！"

小髻心里像翻了五味瓶。这席话，只能使她哀叹自己的命运。她连在北京郊区的菜农都不如。她憧憬中等待的那个人，朦朦胧胧之间，眉目永远看不清，但绝不是个跛子呀！只是，那个人在哪儿？就算找到了他，他会不会要小髻呢？小髻就是心气再高，也只有等别人来选择她。何况，阿宁姐至今也没让她同那位大学生见过面。

小髻答应了田大妈，星期天去她家见那位跛邻居。

跟不跟阿宁姐说实话呢？还是不说吧。一个跛子，这太伤人心了。小髻对这件事也没有太大的兴趣，只因为田大妈盛情难却。

小髻穿上阿宁姐给的茜红色羊毛衫，外面穿上阿宁姐的驼色呢子大衣，戴上一顶白雪兰毛织的帽子（这是她自己买线织的），收拾停当出了门。

打扮起来给谁看呢？给那个跛子吗？不是的。小髻是为自己打扮的，这毕竟是她第一次约会。

田大妈家不远，是幢同阿宁姐家一模一样的统建楼房。暗淡的灰色，给她一种亲切感。

按照地址，就是这间了。小髻不忙去敲，把旁边的两扇门细细打量了几眼：那个跛脚的邻居，不知住在哪一边？又一想，说是邻居，并不一定挨着住，也许隔着几座楼房，田大妈是个关系很多的人。

敲门。田大妈非常热情地把小髻迎进家。原说好由田大妈领她到邻居家去。

“不忙去，先坐坐。家里没旁人。吃糖。”田大妈嘴里招呼着，端出一盒糖。盒里装着廉价的水果糖，浮面上有几颗金光闪耀的酒心巧克力。田大妈剥了一块递过来。小髻噙在嘴里，竟吃出一股清凉油味。仔细一看，那糖盒原是装药的铁皮盒，一侧还写着：活血化瘀，主治跌打损伤。

“小髻，你看看我这个家怎么样？比你姐姐家不差吧？”田大妈像个博物馆的讲解员，领着小髻参观。

田大妈家也是中单元。不过比阿宁姐家多了一小间。在小髻摆单人床挂紫花布幔帐的那侧墙壁上开了一个小门，田大妈就住在这间。刚才小髻一进门，也就是坐在这里。几件简单家具，一床半新的被褥，墙上挂历上有一个巨大的美人头，正对着人笑……其余的走廊、厕所、厨房，都同阿宁家走向一样，只是没有那么干净。厨房里的炊具也很少，搁板上也冷清，全不像阿宁姐家有诸多的不锈钢锅盆和麻油、辣酱、腐乳、陈醋等瓶瓶罐罐。看得出，田大妈家是清贫而寡淡的市民家庭。小髻沉静而矜持地跟着走动，不知不觉中用阿宁的眼光打量这一切，含着淡淡的俯视。

就剩下相当于阿宁卧室的那间大房屋了。田大妈搓搓手，将房门推开一道细缝，然后示意小髻自己接着去推。那神情，有点像东海龙王显示他的定海神针。

小髻不以为然。她虽是乡下人，但阿宁姐是上等人。她因为带着费费，也颇去过几家有学问有地位的人家。一个看自行车卖旧书报的老太太，再精打细算从嘴里抠食，也是不能比的。门缓缓地开了。小髻虽然做了足够的思想准备，还是被屋内的繁华景象惊呆了。落地的纱帘，吸顶的吊灯，使这间不大的房屋显出一种局促的豪华。一套浅茶色的组合家具里，摆放着电视机、录音机。地当央，是镀铬床头，镶有小天使图案的席梦思软床，缀着缨络的床罩直垂到地面，将主人的温馨与甜蜜都笼罩在一片蓬松之中。墙壁上挂着电子石英钟，正值报时，奏出像钢琴一样悦耳的声响。地面上铺着几何图形的地板革。小髻移动了一下脚步，地板革上像盖了章似的留下一双脚印。倒不是小髻鞋脏，而是地板革柔和的反光，被鞋子涂抹得不那么清晰了。多宝格的文物架上，安放着花瓶和其他叫不上名的瓷器，当然还有唐三彩马。最下层矗着一枚巨型彩蛋，足有小号暖水瓶那么高。于是小髻很想走过去摸一摸——它真是一枚鸟蛋，还是白石头雕成的？

这房子不知属于哪一对幸福的小鸟！小髻由衷地羡慕他们。阿宁姐没有这样的“席梦思”，说是怕费费睡驼了背，但也说过这样一张床，价钱贵得会使人做噩梦。阿宁姐也没有这样的“多宝格”，说是玩物丧志会使人堕落，但每逢领费费出去，总要买回些便宜的小工艺品。阿宁姐也不买石英钟，说是轮到她出国时，带回一架誉满全球的“西铁城”，要便宜得多……

“这是我儿子住的。怎么样？”田大妈带着掩饰不住的得意。

“想不到这么讲究，都能拍电视剧了。”小髻说的是真心话。阿宁姐活得神气，但田大妈的儿子活得似乎更滋润（这是小髻刚学会的一句北京土话）。

“你喜欢吗？”田大妈紧接着追问了一句。

小髻有些意外。这话问得不近情理。房间又不是衣服，不可以换着穿。对别人的家，她喜欢怎么样，不喜欢又能怎么样？当妈妈的，也许是高兴糊涂了。

“你若是喜欢的话，这里就是你的家。”

猝不及防的小髻，突然明白了。这里的一切摆设像个新房，但它不是新房。墙上该挂夫妻合影的地方，只挂着一幅青年男子的半身照片。隔得远，眉目看不清楚，影影绰绰只觉得是张很清癯的面孔。

这就是那个跛子——田大妈给小髻介绍的那个对象——她唯一的儿子！

难堪的静寂。

田大妈怎么能这样做呢？儿子就是儿子，邻居就是邻居，为什么要骗小髻！小髻在家中，设想过事情的种种结局。碍于田大妈的面子，她也想亲眼看一看对方有没有诚意，究竟残疾到什么程度，她梳洗打扮了一番，还是来了。无论成与不成，她都要留给人家一个好印象。同一个跛子谈朋友，在感觉受了委屈的同时，她也感到了自身的优越。主动权是操在小髻手里的。现在，她保持不住这种镇定了。田大妈不愧是老谋深算，不知从何日起，她就开始周全地计划着今天的一幕了。小髻在完全不设防的情景下突然受袭，她对新房陈设毫无掩饰的羡慕，使她失去了矜持，又被对象实际是田大妈儿子的变化，惊得手足无措。

姑娘慌了。这很好。聪明而平静的女孩子对别人的相貌往往太挑剔。现在，她被突如其来的变化震慑住了，失去了从容判断的能力。田大妈不失时机地说："国兴等在邻居家，我就去叫他。"

"国兴"——就是他的名字了？——那个跛子！小髻木呆呆地坐着，几乎不会思索。他是个什么样的人？对面墙上就有他的相片，在炯炯地注视着小髻。小髻有心想走过去，细细端详一下对方的容貌，又怕田大妈他们突然回来，便越发将身子板得笔直，掩饰着自己的想法。

也许只过了几秒，也许过了几个小时。有脚步声走近，门开了，来人站到了小髻跟前。

小髻多么想早一点看看这是个什么样的人！但姑娘家的羞涩和隐隐的自卑，使她端庄地垂着头，眼角却不动声色地打量着。

她首先看到的是脚。两只完全不同的脚。一只与常人无异，甚至可能还更坚实稳重一点，另一只则像被虫子作茧蜷缩起来的病树叶，菲薄而枯萎，可怜地耷拉到地上。其次是腿。两条粗细不等长度不一的腿。病残的腿倚着健康的腿，像是主轴失灵的连动杠杆，拖拉运行，在光洁的地板上，甩出一个个不规则的半圆。再往上是胯，是身，是胸……他的整个身体，是由两半部分拼凑而成的。一半强健，一半病弱。由于长时间的用力不均，他的衣物鞋袜，都显出两侧不同深浅的色调，好像它们原本就不是用同等材料制成的。

小髻用浓密的睫毛，把自己的眼光封闭起来。还用再看脸吗？不用了。这是那种很厉害的残疾，哪里还像个顶门立户的男人！再说，这样死盯着一个残疾人看，是不道德的。小髻是个心软的姑娘，她可怜他，要是这个残疾人穿上极破烂的衣服在街上乞讨，她会把身上的零钱给他的。和这种人过一辈子，这怎么可能呢？

“你们俩坐吧。我上街去买菜，午饭在这儿吃！”田大妈不容置疑地说着，匆匆走了出去。说实话，当两个孩子相距很近的瞬间，她觉得自己对不起这个像花朵一样的女孩子。但紧接着升腾起的，是对自己孩子更深切的爱。她不为自己做过的事后悔。现在，他们应该开始谈点什么了。国兴是个好孩子，他会听妈话的。小髻也是个好孩子，起码田大妈不在家时，她不能拂袖而去。

国兴忍受着。作为一个残疾人活在世上，第一条基本功，便是忍受形形色色的目光。然而，今天太痛苦了。一个如此生机勃勃的少女，用她年轻得像匕首一样的眼光，直刺到他的骨头里。还要测出他的一条腿骨比另一条腿骨要细许多……

小髻缄默着。说什么好呢？除了怜悯，她说不出别的话，还是什么都不说吧。

国兴忍耐不下去了。“小鬠，我见过你。”总得说点什么。

小鬠吓了一跳。小儿麻痹大概不侵犯声带，国兴的声音像正常男子汉一样。小鬠这才意识到对方是个年纪比她大的男人，而刚才她觉得好像是她弟弟。

“我……没见过你……”她慌乱地支吾着。

“我妈早就跟我说起过你的事。你卖书的时候，我也去过。当然，你是不会注意到我的。”国兴苦笑了一下。

“买书的人，很多……”小鬠还是解释了一句。

“这事都是我妈操持的。希望你不要怨她。我父亲死得早，她一个人拉扯我不容易。因为这病，她总觉得对不起我。我也不愿意伤她的心，就按她的意思办了。其实，人怎么不是一辈子呢！”国兴的语调是安宁而平和的。虽然带着掩饰不住的苦涩。

小鬠这才抬起头来，审慎地打量了他一眼。

小儿麻痹病毒留下了最后一点仁慈。国兴的颜面多少有些不平衡，但基本上是属于正常人中清秀的那种。他的眼光忧郁而沉静，似乎比他的年纪苍老许多。

“看得出，我把你吓坏了。我知道这件事成不了，咱们太不般配。你也不用为难。你要觉得碍着我妈不好说话，由我来说。我告诉她，说我不愿意就是了。”

小鬠深深吁出一口气，立时轻快起来：“那太谢谢你了！”她活泼地说。

国兴心里一阵刺痛。这个美丽的姑娘，居然为了被人拒绝而感谢他！他身有残疾，心却是完整的啊！

不管怎样，屋内的气氛活跃起来了。

“这是什么蛋呢？”小髻走过去，用手指轻轻抚摸巨大的彩蛋。蛋壳很粗糙，画着极其险峻的高山。

“这是鸵鸟蛋。”

“我能拿起来看看吗？”

“拿吧。”国兴宽厚地说。

小髻小心地捏起蛋壳。它很轻，像是纸糊的。上面的高山立即失去了分量。

“这是谁画的？”小髻惊奇地问。

国兴反倒不好意思了，低声说：“我。”

“你真不简单！”没有了谈恋爱的思想顾虑。小髻本不是个拘束的姑娘。

“我喜欢画我去不了的地方。”国兴说，“有时候也卖卖旧书。就是没有你卖得多。”

“以后没事时，我可以帮你卖书。”小髻真诚地说。

国兴难得地笑了。其实他知道，倘若真是“没事”，妈是不会让小髻再卖书的。但人间，总需要真情。

田大妈是踩着笑声进屋的。见此情景，着急后悔手里提的鱼买小了。一斤只差几毛钱的事，可谁又能料到事情进展得这般顺利！吃饭的时候，她一个劲地往小髻碗里夹菜，竟把一向受宠的儿子，冷落在一边。

“小髻，下个星期天，早点来大妈家啊！”

屋内的空气一下子紧张起来。小髻和国兴相对而视，知道发生了某种误会。

“妈，是这样……我看小髻……就不要来了……”国兴斟酌着字眼，慢吞吞地说。

“行！不愿在家里，到外头去也行。只是大冬天的，到处冰天雪地，还是自己家好……”田大妈喜滋滋地说。

“不……我是说……小髻她……不太合适……”国兴艰难地说着。

“好你个小兔崽子！人家漂亮的姑娘，不挑寻你，你倒找人家的碴儿！我看你不知天高地厚了！”田大妈这才明白，一时间火冒三丈。不明白一贯顺从的儿子怎么变得这样不听话。当着小髻的面，竟说出吹的意思，她几个月的处心积虑，不是全白花了吗！过了这个村，没有这个店，顾不得小髻在场，就骂起儿子来。

小髻好为难，真想赶快跑出去。

“妈……我哪儿能挑人家的不好，只是想……想户口问题不好办，您不是也担心过这个吗……”国兴左右支吾着。

“嘿！这事妈早给你们想到了！请客、送礼、托门子、求人，妈就是给人磕头下跪，也得把户口给办上！不就是花钱吗？妈不吝。这几年挣的钱，我处处俭省，就预备着这一手呢！”

小髻听得愣神。想不到一个孤老太太，竟打算给她办成户口！

田大妈眼神一扫，似乎悟到了什么，紧接着又说：“这是黑道，官道我也走。不是说照顾残疾人，还有什么基金会吗！我写信求告，就说总不该让我家绝了后吧！时下不是兴接班顶替，一个萝卜一个坑吗？说句难听话，妈就是豁上这条老命不要了，也得把这个户口留给小髻。就这样，还不行吗！”田大妈真动了心，竟有些眼泪汪汪的。

话说到这份儿上，谁还能再说什么！国兴木讷着，不知该怎样履行自己许下的诺言。小髻也被感动了。不管怎么说，在这茫茫人海中，有一家人真心实意地欢迎她。

“傻儿子，我猜你不是不喜欢小髻，而是怕小髻。”田大妈不紧不慢地说。

这话从何说起！小髻有什么可怕的？年轻人都想不通。

“怕小髻以后不跟你好好过日子！对吧？我说傻小子，你妈多大岁数的人了，还能看走了眼吗！小髻是个好姑娘，不是那种水性杨花忘恩负义的骗子。听妈的话，没错！”

好个厉害的老太婆！这话哪里是讲给国兴，分明是叫小髻听的！

事已至此，国兴是再说不出什么来了。小髻心里很乱。叫户口的事一搅，她不想一口回绝，推托道："这么大的事，得跟我姐商量商量。她要不同意，我也没办法。"

田大妈眉头一皱：半路上又杀出来个姐！但知道这事是强迫不得的，便说："也好。我们是实实在在的人家。你姐姐愿来看看，就更该放心了。"

十三

一个未婚女孩，追着人问谈对象的事，就算对方是自己的堂姐，也实在难张口。可小髻不得不问。自从阿宁姐说过她单位的那个大学生，就再没了下文。偶尔露出一句半句，那个人不是出差，就是开会去了，至今小髻还没见过他。可现在这事不能再拖了，田大妈等着要回话。小髻当然看不上一个跛子，那个大学生要强上百倍。可谁知人家怎么看小髻？

得赶快见个面。可是这话怎么开口？小髻只得把实情全盘托出。

"姐，楼下看车的那个田大妈，说要把她的跛儿子介绍给我……"小髻用一种看不上的语气说话，希望阿宁姐一来想起她的许诺，二来也能明白听出小髻的倾向。

没想到阿宁竟极感兴趣："噢？有这事？人你见过了？家里情况

怎么样？”

小髻的心思完全不在田国兴那里，简单把田家的有关情况说过，又问：“姐，你们那儿……”

“跛儿子究竟跛成个什么程度？你知道，跛跟跛可大不相同。轻的同正常人没什么区别，重的可就是残废了。你能不能学学，他跛成什么样？”阿宁穷追不舍地问，沈建树也被惊动了。

田国兴长得什么样子，小髻已经回忆不起来了。只记得他的腿和脚。他的左面跛。腿和脚是人体最重要的一部分，没有它们，人就不能称为人，而只是半截身子的怪物了。国兴的腿是怎样跛的？小髻试着模仿了一下。好像是这样的，左边浮起，右边陷下……然后是扭胯，半侧身子像失去框架似的跌下，心也随之扑通一跳，人几乎跌倒。为了维持平衡，另半侧健康肢体不得不奋力向前……为了寻找新的平衡，残疾的手臂像被击伤的鸟翼，扑打着虚无的空气——这样的走法，不像是一个人，更像是一只扑动的鸟。

阿宁刚开始认真地端详着，最后终于忍不住微笑起来。看一个年轻秀丽的姑娘，把自己灵活的四肢变得僵硬而笨拙，很像是看一场怪异的舞蹈。

小髻的心却随着身体的颠簸而紧缩：一个人的一生要总这样走路，该是多么痛苦！她决不能陪着这种残疾人过日子！姐姐还笑，这是在笑话我呢！

只有沈建树看到了小髻眼中转瞬即逝的泪水。

“姐，不理他们吧！你单位那人回来了吗？”万般无奈，小髻只好把话挑明了问姐姐。

“如果田家对户口真那么有把握，我看可以再处一段日子。”阿宁避开小髻的目光，对沈建树说。

沈建树不置可否。事情来得太多太快，他得好好理一下。有些话，当着小髻，也不好问阿宁。

床头的落地灯，透过淡绿色的乔其纱罩，将椭圆形的光环，均匀地打在阿宁和沈建树的头上，四周一片静谧。

门外传来小髻细致而规律的鼾声。她真的睡着了。将久悬不决的难题全盘托出，她为自己赢得了片刻的安宁。

“你给小髻找了个对象？是谁？”沈建树把心中的疑团提出。两口子平日无话不谈，对彼此单位的同事也都熟悉，怎么没见阿宁提起过？

梁阿宁有点慌。那只是她的一个设想，并没有确凿的人选。骗骗小髻，作个精神诱饵还可以，真要同丈夫一五一十地说清楚，她还真犯难。

不过，阿宁到底是阿宁。她没有正面回答沈建树：“现在的年轻人，观念真新的可以。我把小髻的情况一说，特别是把照片往桌上一摆，还真有好几个挺感兴趣。”

“真的？”沈建树似信非信。他是循规蹈矩的那种人，想不通有人竟敢无视户口商品粮这道天堑。当然，小堂妹是个很招人喜爱的女孩，想到她的相片被几个小伙子品头论足，他又有点不悦。

“你跟他们说清楚户口的事了吗？”沈建树不放心地追问。这可是要讲明白的先决条件。就像他联系调动工作，先同对方说明赎身费的事，有人愿意赎买他，其他的问题才好接着谈。

“说了。人家说，户口算什么？不过是一张纸。”阿宁仿佛变成了那伙目空一切的年轻人，侃侃而谈。

沈建树一怔。真是闻所未闻的宏论。你以为面前横亘着一道无法逾越的鸿沟，现在有人对你说，只管闭着眼走过去，前面平坦得很，什么也没有，你能相信吗？

“没有户口，就没有粮票，吃什么？”沈建树毕竟要客观得多，设身处地为小髻着想。

“粮票算什么？外国人早就以肉食为主，只有中国人，才一天吃低热量的碳水化合物。”阿宁代人立言，摆出不屑的神色。

沈建树瞠目结舌。他一向认为自己属于观念比较开化的知识分子，想不到“芳林新叶催陈叶”，自己已经这样迂腐。看来，“代沟”这玩意儿，已经缩短到每相差几年就得挖掘一道了。沈建树一天关起门来搞学问，不晓得当今价值标准大有改观。惊叹之余，他又感到几分欣慰：“小髻真要能找到这样的男朋友，咱们也算对得起她了！”

轮到阿宁坐蜡了。挖肉补疮，拆东墙补西墙。原还只是小髻相信这子虚乌有的对象，现在可倒好，连沈建树也信以为真。一个乡下女孩子没见过世面，你一个受过高等教育的工程师，也这么容易上当！阿宁真哭笑不得。其实，她这一回讲的话都是真的。她真心为小髻的事张罗过，摆相片，同小伙子们聊天，也都确有其事。包括大学生们那些指点江山傲视世俗的激昂话语，都是真的。只是小伙子们在慷慨一番之后，一到阿宁同他们进行具体的磋商，包括什么时候同小髻见个面这类实质性问题时，大家就都变得很客观了。“梁工，这事我没意见，只是还得回家问问我妈！”梁阿宁只好莞尔一笑，大丈夫走遍天下，婚姻大事还要父母包办吗？分明是托词！不过，这又怨得了谁？说归说，做归做，真娶个无户口无职业的女孩子，哪怕长得天仙一般，小伙子们也不敢贸然从事。事情就这么搁下了。

现在可倒好，别人开玩笑的话，沈建树这个书呆子却坚信不疑。骗骗小髻可以，阿宁可不愿跟丈夫玩这么吃力的游戏。

“看你还真当回事了！我问了几个人，人家最后都说不行。我不过是逗小髻玩的。”阿宁轻描淡写地说。

“你……你怎么能这样？”沈建树呼地从床上坐起，碰歪了落地灯纱罩，那片绿色的光斑，惊讶地在地面荡漾。

阿宁料想到沈建树会不满意，却想不到这般严重。为了一个保姆，竟同自己的妻子翻脸，沈建树也太过分了。她一扭脸：“你有本事，把小髻的户口办来，或是你出面给她找个对象！我不用这个办法，小髻出出进进吊着个脸，你爱看，我还不爱看呢！”

沈建树察觉到了自己的失态，小髻的事是个难题：“难道，你要小髻嫁给那个跛子吗？”他痛心地说。

“跛子的事，现在还不好说。”阿宁不想在这个问题上先表态。

沈建树沉思良久，缓缓说道：“我倒有个办法，万无一失的。”

“快说出来。”阿宁催促着。

“求你爸爸——也就是我的岳父大人，开一次后门，给小髻办上户口，找个工作。这并不是什么了不起的事。共产主义不是要消灭城乡差别，搞世界大同吗！”

“你真是个书呆子！莫说爸爸没有这个能力，现官不如现管嘛！就是真能办，他老人家也不会办的。到处都在纠正党风，看你该不会让一生清廉的父亲，为了这件事受通报挨批评吧！”

这也不行，那也不行，小髻的路在哪里呢？“谈对象的事，原来全是你编出来的！我真替你发愁，这西洋镜哪一天拆穿了，看你怎么下台！”沈建树又想起这件揪心的事。

“车到山前必有路。我自有办法。”阿宁倒不慌不忙。这一会儿，她想出了对策。

沈建树也管不了这许多了。也许，他们不该为了自己的费费，把这个聪明的小堂妹，从那遥远贫瘠的乡村叫到城里来？他不由自语道：

“也许是咱们错了？”

“谁也没有错。”阿宁纠正他。

“小髻唯一的路是——回去。”阿宁沉重地吐出了这后两个字，“回到生她养她的那块土地去。刚开始，当然免不了痛苦，时间长了，就会慢慢淡忘。就像看了一场电影、一部小说。当时挺感动，时间久了，也就是那么回事。当然，小髻对咱们家的恩情是不能忘记的。等费费长大了，让他到乡下去看他的小髻姨姨……”

沈建树没有答话。阿宁以为他睡着了，仔细一看，他大睁着双眼，在看着雪白的天花板。他真无法想象：当阿宁告诉小髻所谓的找对象，纯粹是一场骗局时，大家脸上该是怎样一副表情？

走廊的紫花布幔里，小髻在做年轻女孩们常做的快乐的梦。可惜梦是外人看不见的。不然，沈建树会看到小髻在同一个漂亮而英俊的男孩子在碧绿的山林中奔跑，那个男孩子的眉眼竟有些像他……

过了几天，阿宁对小髻说：“你愿意去看看我上班的工作单位吗？”

小髻早就想看看阿宁姐是怎样上班的。在她眼里，阿宁姐是最有本事最有魄力的女人。做人要做到这个样子，是小髻最高的理想了。

尽管阿宁姐没做任何暗示，小髻还是刻意打扮了一下。她感到今天也许会碰到阿宁姐单位的那个“他”。

一幢乳白色的大楼，方方正正，像一块巨大的雪糕，在枯黄的草地中央，闪着炫目的光。它几乎没有窗户，整体性极强，叫人觉得不宜居住，而只能用来保存某种机器或无生命的物体。准备间里，每个人都要换上白衣白帽白鞋白口罩，好像是准备接触烈性传染病的医生。

环境先声夺人。小髻怯怯地倚在墙角，觉得自己脏而猥琐，不配走进这高贵的场所。阿宁拿来参观服，让她把毛背心套在里面。屋内燠热，毛背心的绒毛透进衬衣粘在皮肤上，十分难受。

穿戴齐整，她俩都只剩下一双眼睛，毛茸茸地互相对看着。

“这是谁？”有人问。

“我妹妹，刚从大学毕业，也是咱们这行的，想来见识见识。”阿宁难得地扯了一个谎，幸好口罩很大，看不出脸红。

进入操作间，要通过空气幕除尘。强劲的风流从四面八方冲击着人体，给人一种站在峭壁或海边礁石上的恐惧感。

现在，可以进去了。

这里运行着国内最先进的电子计算机组。乳白色的弧形大殿，到处是柔和洁白的光线，却不知是从何射入的。室内清凉冷冽到近乎森然，红红绿绿的灯钮像夏日的流萤一样烁动不止，寂静中，每秒钟都有数亿次的运算在进行着。

小髻惊呆了。她原以为计算机不过是电视中常做广告的那种像电视机一样的小仪器，每每有一个漂亮姑娘（有的还不如小髻漂亮呢！）坐在那同一年级小学生坐的连凳课桌那样的小桌子上，像打字似的敲打着扣子似的键盘，殊不知是完全错误。微机同最先进的计算机系统相较，实在是沧海一粟！

一秒钟多少亿次的计算，那是浩瀚无垠的世界。“滴答”一声中，这机器就数遍了天上的星星、地上的人头。小髻想不出还有什么东西需要这样庞大的数字。山林中的每一片树叶？稻田里的每一粒谷穗？

她想不下去了。阿宁姐站在远处，同什么人谈话。那人顺从地记录着，看得出，阿宁姐是个领导。虽然穿了毛背心，小髻还是觉得冷。她曾以为，经过学习，她也能成为阿宁姐那样的人，现在才明白，其实是根本做不到的。

人和人，原本不一样。

“小张回来了吗？”阿宁大声问。那声音分明是要让小髻听到。

“没有。”有人恭顺地回答。

“我们走吧。”阿宁招呼小髻。

小髻拖着沉重的腿，走到楼外。凛冽的寒风使人精神陡地一振。

“你看多不巧！小张就是我给你说的那个对象，今天不在。”阿宁故作平淡地说。

“不……不……姐姐，你的心意小髻领了。那个人，我不见……不见……”小髻像要避开压过来的什么重物一样，用力推挡着。

“为什么？挺好的一个小伙子，你总该见一面。”阿宁很惋惜地说。

“我……什么也不为……我不愿意……”小髻吃力地为自己辩解，

生怕阿宁会硬拉着她去见什么人。

“你是不是同那个腿不太好的小伙子相处了一段时间，对他印象不错？要是那样，我也就不勉强你了。”阿宁巧妙地把责任转嫁到小髻头上，然后又很关切地开导她，“看一个人，主要看是不是心好。别的都在其次。”

小髻木然地嗯哪着。

阿宁姐回去上班，小髻一个人回家。沈建树在家看着费费，一见小髻那个模样，就知道那件尴尬的事情已经发生过了。

小髻闷着头垂泪。

沈建树不知从何劝起。小髻太像阿宁了，连哭泣时那种任眼泪滚滚而下，不去擦拭，直到嘴角，下颌都挂满了泪珠的姿势都像。

阿宁计划好的这一切太残忍了。她怎么就不怜惜这个同她一模一样的小妹妹？

建树走过去，扳动小髻的肩头。连透过肩部衣服所感到的肉体的圆润，都是一样的。

他看到一朵洒满雨水的梨花，祈求地望着他。他真想吻一下那双湿漉漉的眼睛。

他无力地松开了自己的手。他能为她做点什么？什么也做不到。

“小髻，别哭了。农村也是个很有发展的地方。”沈建树的话干巴巴的。他多么想找出一句有力量的话！

“姐夫，我不回去。您和阿宁姐再生一个孩子吧！我给你们带，我侍候你们，一定带得比费费还好。”小髻全然不曾感到有什么异样。

沈建树悠长地叹了一口气：“真是个傻念头。这怎么可能呢？独生子女是咱们的国策啊！”

“姐夫，您和姐姐帮我想想办法吧！”

沈建树摇了摇头。能想的，都想过了。

小髻抹抹泪，不再哭了，扎上围裙，准备做晚饭。

假如一个男人可以有几个妻子。沈建树会娶小髻的。

这更是个荒唐的想法了。该死！沈建树为这奇怪的一闪念，羞愧难当。

十四

紫花布幔，在夜里看起来，像是纯黑的幕布。那些枝叶不全的花瓣，全隐藏在墨汁一样的黑暗之中。

姐姐和姐夫今晚很安静。这使得小髻寂寞难耐。漫漫长夜，何时才能熬到天明？阿宁姐有安眠药，可惜搁在里屋的床头柜上，没法去拿。

姐姐和姐夫睡得很安稳。他们当然舒服，吃穿不愁，又有体体面面的工作……人和人的命，怎么就这么不同！不是都姓一个家谱上的

“梁”字吗！不怪天不怪地，都怪自己的老爹爹，想当年，怎么不争着抢着去当红军！

这次回家，小髻详详细细问了个明白。都是一个爷爷所生，为什么阿宁姐就能住在城里上大学，而她梁小髻只能给城里人当保姆？

“你们的土地哪里来？红军给的。你们的粮食哪里来？红军给的。你们的衣服哪里来？也是红军给的！现在红军要扩充，你们不当，谁当？！是好儿郎，就要踊跃当红军！”一个穿着灰布军服的人，站在碾盘的石磙子上，跺着脚宣传。

磕巴老倌有两个儿子。知恩必报，他至少得让一个儿子去当红军。老倌喜欢红军分田地，可他不喜欢让儿子去当红军。分了田地，正该好好种，儿子走了，田地还有什么用！这话却是说不出口的。

“我去当你们红军，行不行？”磕巴老倌问。

“父子都当红军，当然好！”碾盘上的红军鼓掌。

磕巴老倌知道搞错了。他原本是说自己去儿子就不去了。这回更下不得台了。

“伢子，你们哪个去？好好想，莫说爹偏着哪个向着哪个。队伍上吃得好些。可弄不好，枪子也就啃掉脑壳了。两丁派一，必得去一个，爹也护不住，你们自个儿定吧。”

“兄弟比我孝顺，比我伶俐，留在家里侍奉父母吧。二伢子，听爹娘的话，我走了。”大哥煞煞腰里的草绳，预备从此去当红军。

大伢子已经走出去老远了，磕巴老倌突然一拍二伢子后脑：“快走，将你哥哥换回来。莫怪爹心狠，他终是比你多吃了两年饭，下地顶个人用了。若打死了，岂不更可惜！你去后，仗打起要躲闪在人后。你个子小，也许枪子碰不着……”

二伢子懂事地眨眨眼，撅起屁股跑了。

“回来！”老倌瓮声瓮气地在后面唤。

二伢子转回来，抹了一把鼻涕，不知道自己做错了什么事，惹得爹爹生气了。

磕巴老倌阴沉着脸，摸索着从腰里解下一根被汗水浸得污亮的布带子：“这根鸡肠带，你拿去系在肚上。吃饭时要松些，赶路时要紧些……”

二伢子很高兴。穷人家里只有主事人，才能享有一根布腰带。

磕巴老倌提着裤子，看着二伢子跑远。多少年后，二伢子还在后悔，怎么没有再回一次头，最后看一眼自己的亲爹！

“你是说，爹就死在这青崖下？”肩上缀着金牌牌的军人，问面庞苍老得较当年磕巴老倌还甚的大伢子。

“方圆几十里，可还有第二座青崖？！”大伢子瓮声瓮气地回答，声音也一如当年的磕巴老倌。

青崖笔直峭立，高耸入天。其下三十尺以内，嵌着永远洗刷不去的血迹。红军走后，白匪用烈士们的血，曾将青崖涂得一片血红。

“这上……也有爹的……血？”扛金牌牌的军人战栗着问。久经沙场，他的眼睛却不敢去看青崖。

“爹倒是至死没流一滴血的。”大伢子平静地说，几十年从青崖下走，有多少泪也流光了。

磕巴老倌是以“通匪”的罪名被点了“天灯”的。十根手指被蘸满麻油的棉条裹紧，然后同时点燃，明晃晃的，直到所有的血和膏脂燃尽。

“爹临死前，可留下了什么话？”就是做到了将军，二伢子也还像最普通的孝子，苦苦地寻求着爹在这世上最后的遗愿。

“当时我也不在。是爹让我躲出去了。听人说爹临死还在喊你的名字……”

那是哪一瞬？是在行军还是打仗？怎么自己就没一点感应！二伢子深深地懊悔着，觉得对爹爹之死负有不可推卸的责任。他面向青崖，扑通一声跪下了，草绿色的呢军裤，沾上两团圆圆的黄土疤，像是打了两块补丁。

“兄弟，这次走了，何时再回来？”大伢子扶着专送弟弟进山来的吉普车门，怅怅地问。

面对着同父亲当年一模一样的眼神，二伢子不能撒谎。他扭过脸去：“哥哥，我再不回来了。”

是啊，除了这山川和童年，两兄弟再没有什么共同的东西了。也并非是二伢子寡情。自打他回来之后，小小的山村就没断了哭声。那一年“扩红”走了三十人，就活着回来了他一个。

“哥哥、嫂子，以后到我那里要去吧。”二伢子走了，膝盖上还带着那两坨黄土印印。

大伢子进了城，回来后成了村里最有权威的男人。大伢子的媳妇进了城，回来后成了村里最有见识的女人。然而，年代久远，庭院又深，关系就渐渐疏淡下来。最后，竟连谁家有几个孩子，都是做什么的，也搞不清了。一代血缘，就这样慢慢暗淡了。

这些年，农村是比以前富了，可小髻他们那儿不富。他们是老区。什么叫老区？就是旧社会三不管的穷困边远地区，首先爆发革命的地方。革命爆发了，革命又走了。待到革命又回来的时候，那地方依旧穷困边远，依旧三不管。阿宁姐来信问谁愿意帮她带孩子，别人还在犹豫，乡下人宁愿饿死在自家炕头，也不愿出去侍候人家。小髻却铁了心要去。她要去见识另一种生活。

小髻现在过的算是什么生活呢？她的吃穿住都同阿宁姐一样，但骨子里是不一样的。社会像一幢有着许多层的楼房，你还没出生，你的那个房间就预订在那里了。你想走进另一间屋子，你想登上另一层台阶，到哪里去找钥匙呢？

爷爷呀爷爷！你能告诉小髻该怎么办吗？

十五

阿宁对小髻的事，陷入极度的矛盾之中。

“姐，我哪天把田国兴领到咱家来，你和姐夫帮我拿个主意，看这个事到是成还是不成？”小髻不止一次说过这个话，声调几近哀求。她现在是一条失了舵的小船，连自己都不知道该驶向何方。

“我看还是暂时别领来看的好。小髻，你在北京没别的亲人，我一出面，就等于是家里人认可了。将来万一有其他想法，就没回旋的余地了。”阿宁斟酌着说。

小髻默默地点点头。阿宁姐不愿为她负责任。

这也不能全怪阿宁。她希望有个人能拴住小髻的心。至于那个残疾人到底好不好，适宜不适宜做小髻的终生伴侣，这阿宁管不着，也不想管、不能管。每个人的口味都不同，你认为完全不可能的事，别人也许以为天经地义。市面上再丑的花布都有人买，起码它的设计者就以为很美。真见了那个跛子，她说什么？说赞同？小髻的父母不在，她作为亲亲近近的堂姐，说话是有分量的。真促成了这件事，她就得负责任。小髻今天为了户口的事，可以容忍跛子的瘸腿，将来有了户口，也许要埋怨今天支持过这件事的人。谁愿意一辈子落埋怨？小髻的父母将来知道好端端的女儿找了个残疾人，会不会迁怒于阿宁？要是没有她的费费，一切都不会发生。再有，还有自己父母那一头，父亲若是动了手足之情，没准会认为我阿宁亏待了堂妹。这些还都是从我们这边考虑。若是田家母子对小髻不好，她孤苦伶仃一人，也许会半夜三更披头散发地来找阿宁解围，不管怎么说，这里是她娘家的人，阿宁得给她撑腰出气……

罢！罢！梁阿宁何等机灵的一个计算机程序设计工程师，哪儿会让自己搅进这种无头官司中去！

还剩下一种表态，就是反对。那更使不得了。也许否决票前脚投出，后脚小髻就打起背包离开北京。一个廉价而优质的劳动力就此消失，她和沈建树又陷进无休无止的忙乱与痛苦之中。费费已经逼近三岁，就要能进入全托的幼儿园了。百尺竿头，还需更进一步。她不能功亏一篑。让田国兴这盏不明不暗的灯，在远处闪耀吧，阿宁和她家庭的安宁秩序就有保障。

为此，不论小髻怎样把她和田国兴交往的枝枝蔓蔓都讲给堂姐，希望见多识广的姐姐为她拿个主意，阿宁都是矜持地微笑着，细心地倾听着，却从不明确表态。

要说阿宁对小髻的事一点不关心，绝对是冤枉。她于细微之处审慎地观察着。起码不能让小髻上当受骗。不但于天理良心上说不过去，就是将来在爸爸面前，也交代不过去。

当妈妈的，自有她的调查手段。

费费已经长成了个漂亮的男孩子。然而不知是“贵人语迟”还是男孩天生嘴笨，他喜欢跑跑跳跳，却并不怎么爱说话。不过阿宁坚信自己的儿子聪明而早慧。

“费费，告诉妈妈，小髻姨姨常带你到哪儿去玩呀？”阿宁循循善诱。

小髻每次外出都领着费费。虽说阿宁说过，要是她跟国兴逛公园或是轧马路，就提前打个招呼，阿宁自己回家带费费。但小髻从未利用过这种优惠。今天是阿宁再三劝说，小髻才独自出去。

“这边……还有那边……”费费用胖胖的手指，点了两个完全相反的方向。

看来逛的地方还挺不少呢！

“是姨姨和你两个人，还是有其他的人？”阿宁继续扩大战果。

“姨姨……费费……还有叔叔、奶奶……”

怎么还有个奶奶？噢，是那个无处不在的田大妈！儿子谈对象，她跟着掺和什么呢？阿宁不解。

“叔叔是这样走路的……”费费突然说出一句如此长而完整的话，也许是妈妈郑重其事的态度，使他的记忆力如此活跃。

看一个圆滚滚的男孩子，挥舞着胖乎乎的手脚，学一个跛子走路，真是一件有趣的事情。费费还没有左和右的概念，他一会儿这只脚颠簸一下，一会儿那只脚缩短一下，跌跌撞撞，像一个小醉鬼。

阿宁笑得前仰后合，完全忘记了自己的初衷，惊叹自己的儿子有这样精彩的模仿才能。

沈建树恰好走进来，看到眼前的一幕，不由分说地走过去，在费费白白嫩嫩的屁股上，狠狠地扇了一巴掌。

费费被这莫名其妙的突然打击，连吓带疼惹得哇哇直哭。

“你手怎么这么重！他一个小孩子，懂得什么？”阿宁像被火烫了手指尖一样，惊呼起来。

“小孩子不懂，大人也不懂吗？”一向斯文的沈建树，破例地大声斥责。

“走！费费。不理爸爸，跟妈妈下楼玩去。”

女人终究是女人。一看丈夫真发了脾气，加上自己又确实不占理，阿宁讪讪地给自己找着台阶，揩干净费费的眼泪。

又是一个春天了。

到处是拔地而起的高层建筑。房屋也像日新月异的人类一样，越是年轻的，身材越高。高楼大厦压抑着低矮的四合院，城市在发达中透露出古老。道路笔直，新漆的人行横道斑马线，像早晨买的豆浆一样洁白湿润。费费早已忘记了刚才的悲剧，在马路边的墙缝里，细心地抠着刚泛绿的嫩草。大概心里还在奇怪：远远地看到那么多绿色，怎么跑近了，就看不到了？

看着日渐长大的孩子，阿宁的心绪像被温热的熨斗熨过一样，渐渐舒展开来。费费上幼儿园的事，已经基本联系妥了。她不可能再要一个孩子。这就是说，作为一个知识女性，她一生中最艰难困顿的一片沼泽地，业已接近尾声。将来她会以沉重却又充满自豪的口吻谈到她生命的这一段历程。革命生产两不误，既有一个足可骄人的儿子，又有毫不示弱的专业成就，她应该满足了……

平心而论，她该感谢小髻。

突然，一支奇怪的队伍，吸引了她的视线。

最前方，是一个裹着半大解放脚的老太太。她拎着一个鼓鼓囊囊的提包。面露喜色，目光中又颇有几分焦灼，她好像负有引导的使命，颠颠地往前走，不时又频频回头，或者干脆往回走两步，想伸出手去搀扶什么人，又始终没有人把手递给她。

在她后面，走着一个残疾青年。他向前看看，又向后看看，然后谁也不看，努力控制住自己的全身肌肉，尽量使自己走动的姿势接近正常。然而正是这种努力，使他格外突出于人流之中，不像是一个人在行走，而像一只受伤的鸟在向前顽强扑动。

最后面，是一个身材颀长、步履矫健的女孩子。她本该走在最前面的，此刻却落在最后。若不是老妇人和残疾青年频频回顾的目光，像挣不断的丝线一样牵引着路人的视野，没有人能判断出他们是朝着同一个方向……春天风大，虽然这一阵风势平稳，女孩子还是用一条细密的白纱巾将自己的头脸包裹起来。透过依稀透明的纱孔，看得见她粉红色的脸庞，像晶莹剔透的石榴子，光彩照人。

梁阿宁自然知道这是谁。也许应该佯装不曾认出，以维持她的既定方针？也许还是打个招呼，迟早大家总要见面？还没等她分析权衡出其中利弊，正在墙边挖土的沈费费猛一回头，立刻欢快地大叫起来："姨姨——叔叔——田奶奶——"

小髻同田大妈一家上街时，总是低着头，仿佛在寻找一件丢失的宝贝。她发现了阿宁，立刻快步跑了过来。

田国兴稍一愣怔，也迅速明白了其中的关系，他积蓄起力量，一瘸一拐地尽快掉转方向，朝阿宁颠簸而来。

梁阿宁看到了两双完全不同的腿。梁小髻笔直的筒裤像黑色的琴键，均匀而有力地敲击着路面，修长而挺拔。田国兴的腿扭曲而皱缩，像一片被虫蛀过又被虫蛹绣成茧团的枯叶……两双腿同时向她走来，彼此间的距离却越拉越远……

十六

费费就要上幼儿园了。费费是大孩子了。两年前领费费打秋千时，他还吓得直哭，现在已经能很适如其分地利用惯性。用胖屁股使座椅式的秋千飞得高些。

带了几年的孩子，就要分手，小髻感到淡淡的惆怅。费费走了，她也该走了。

又是一年春飞柳絮的时节了。小髻随手捡了一枝杨花。耳坠一样的花束垂在手腕上，小髻从绿色的花粒绽口处，扯出银白色的花絮，用指一碾，杨絮扇面似的散开，闪出缕缕丝丝的银光。她顺手撒了出去，杨花乘着温和的风，小伞样地飞舞起来。小髻用目光追踪着它们，想知道它们究竟落往何处。无着无落的杨花，不慌不忙地飘荡着，混淆在飞絮之中，看不出哪一朵，是小髻放出去的了。

嫁人的事，怎么也该定了。

费费上了幼儿园，小髻就该走了。阿宁姐不会撵她，可她也不能老住着啊！

妈妈又来信了，催问她说过的那个大学生的对象，究竟谈得怎么样了。

姐姐已经跟她算清了工钱。从下个月起，她愿意住着还行，只是不给保姆费了。

在见过田国兴之后，阿宁姐郑重地表明了自己的态度：她认为小髻同国兴不适宜。小髻不会幸福。

阿宁这一次完全是公正而客观的。她竭力不让费费的事干扰自己的判断：费费就要上幼儿园了，该为小髻想一想了。她确实为小堂妹感到深深的惋惜和不平：一条健全的腿和一张薄薄的户籍纸片，究竟孰轻孰重？人难道不是最可宝贵的吗？

沈建树阴郁地沉默着，始终一言不发。工作不顺利，调动无头绪。

对于自己无法操纵的局面，说话又有什么意义？

谁的话都听过了，只是没听过费费的意见。小髻觉得这是个大疏忽，有谁比费费更了解这其中的一切，又不带丝毫偏见呢？

“费费，有件事，姨姨不知道该怎么办，你帮姨拿个主意吧！”

男女工程师的高贵结晶——沈费费，不情愿地看着秋千被他的姨姨拽停，瞪着黑玛瑙一样透亮的眼睛，像是人世间的精灵。

“你认识跛叔叔吗？”

“认识，就是走路一拐一拐，他们家还有个老奶奶的跛叔叔吗？”

“是，就是他。你说姨姨是到他家去，还是回自己家去？”

“姨姨哪儿都不去。姨姨就住在费费家。”

“那不成。费费家不是姨姨的家。姨姨得走了。”

“不走不成吗？”

“真的，不成。”

于是沈费费像成年人一样，叹了一口气。

小髻心里一热，紧紧搂住费费，亲着他的眼睛，又亲着他的嘴。

“不，姨姨不能走。姨姨总跟费费在一起。”小家伙又变卦了。

“这不可能，费费……姨姨也愿意，可是，不行……姨姨得走了，姨姨会经常回来看你的……可是费费，你还没告诉姨姨，姨姨到哪儿去呢？”

费费沉思着。谁说孩子不会沉思？只是没有人征询过他们的意见罢了。这是真正的男子汉的沉思，他将决定他美丽的小髫姨姨一生的命运。

小髫紧张地等待着，等待命运之神的昭示，眼睛里不由自主地盈满了眼泪。她仰起脸，不愿让费费看到自己的泪水。天上有一轮太阳。哭的时候不要看太阳。为什么不要看太阳？太阳会刺伤了你的眼。这是妈妈的话。妈妈你错了。隔了泪水的太阳不那么耀眼。它毛茸茸的、水灵灵的，像一朵纸剪的白花……小髫任泪水沿着面庞横流，像是一片盛满了水珠的荷叶，蓦地，奇迹出现了，眼前现出一道五彩的虹……

泪水中的虹，格外鲜艳。

小髫长大了。周围这么多老师，教她读懂了城市这本书。城市是什么，不就是许多人聚在一起吗？不管什么人，只要走进来，就休想把他赶走。小髫不再寄希望于那屈死的爷爷了。让爷爷的灵魂安息，自己的路要自己走。要是没有五十年前的那根鸡肠带，阿宁姐不也在乡下，也许名叫盆呀碗呀的，也说不定。叔叔当年付了血和命的代价，小髫也应该付出代价。

只是这代价，对一个姑娘来说，太昂贵了。小髫便须格外慎重。

田大妈给小髫买了那么多衣物。小髫穿起来便一阵心酸。大妈，你不觉得小髫穿得越好，越显出和你的儿子不般配吗？

田国兴越是人多的场合越愿意领着小髫去。小髫是他的光荣、他的骄傲。跛毒瞎狠，残疾人被这世界欺负得怕了，当他享有一双健全的腿时，他愿意全世界都看到他俩。

小髻的心在痛苦的沸水和希望的渴求中，像涮羊肉片一样交替滚着。田国兴不是坏人，但她忍受不了世人投来的目光。每次外出，她都要拉上田大妈，有可能的话，还要抱上费费。在她内心深处，有一个不可告人的秘密，她希望田国兴不要活得太长久。当然，他病了，她会端屎端尿侍候他。小髻不是忘恩负义的人，只求他故去后，给小髻留几年堂堂正正做人的时间。

想得太远了。

“姨姨，我想出来了。”费费的眉头聚着极细小的纹路。

“你说吧，姨姨听着呢。”小髻漫声应着。

“到跛叔叔家。”费费想起来了，跛叔叔给他买过一辆小坦克。

“哦。是吗？”小髻摸了摸费费的头，“费费真乖。”

就这么定了吧！真想不到，在紫花布幔里想了无数个晚上的难题，解决起来这么容易！

早怎么没想到呢？

十七

小髻出嫁了。

好一个富丽堂皇的婚礼！小髻对一切都无动于衷，是田大妈要大事操办的。她要把多年的积蓄，在这一天像淌海水一样地花出去。让街坊四邻看看，让早死的老头子在阴间也跟着热闹风光一下，田大妈一手拉扯大了儿子，又给他娶了一个多么标致的俊媳妇！两家原本相隔不远，却一定要租来的车队绕行大半个北京城。

田国兴自然是喜气洋洋，不管从哪方面说，今天都是他一生中辉煌的日子。他那颗敏感的心，极力去揣摩小髻的心事，却得不出个所以然。

迎新娘的轿车到了。这座知识分子聚居的楼房，还从没这样热闹过。田家找来帮忙的人，将汽水瓶样的爆竹，燃得震耳欲聋。破碎的纸屑像肮脏的雪片，裹着呛人的火药气，自空中层层落下。人们纷纷从窗户探身张望。

新嫁娘走出来了。阳光顿时为之逊色。小髻穿着一领金红色的丝绒旗袍，满身的银饰片像鱼鳞一样闪闪发光。她的脸色安详而沉静，鬓角别着一朵极小的红绒花，很熨帖，很牢靠，像是从头发里长出来的。

“你妈妈怎么还没到？”阿宁着急地问。说好了请小髻的母亲来参加婚礼的。这么大的事，阿宁要办得牢靠些。

“妈妈要过几天才能来呢。我告诉她结婚的正日子，还没到。”小髻谦恭地垂下眼帘，希望阿宁姐能原谅她这最后一次说谎。待妈妈来时，一切都已做成熟饭了。

阿宁什么也没说，不是雇主与保姆的关系了，都是同宗姐妹，婚姻是自觉自愿的事情，她又能说什么呢！抛开一切恩恩怨怨，阿宁又一次打量盛装的小堂妹，心里一阵凄凉。

就在昨天，她还同田大妈进行过一场颇不愉快的谈话。

“您什么时候能给小髻办上户口呢？”阿宁不放心地问。

“上上下下，都打点齐了。一年以后，我就给她办。”田大妈胸有成竹地说。

“怎么要等那么长时间？”阿宁一惊，该不是这颇有心术的女人，在哄骗小髻吧？

“急什么呢？您是个明白人，我也就把丑话说在前头了。等小髻跟国兴有了孩子，我抱上了孙子，这户口，我就是非办不可了。我不心疼媳妇，还心疼孙子呢！在这之前，我宁可从自由市场给她买高价粮，户口也是不能办的。要不然鸡飞蛋打，我找谁去？”田大妈有板有眼地说。

阿宁无以对答。

汽车鸣着喇叭。娘家人应该上车了。

“建树，你一个人陪陪小髻吧。我有点不舒服。”想到一会儿婚礼上将要出现的情形，那个较小髻要矮半头的瘦弱的残疾人……

“这合适吗？”沈建树迟疑着。说实话，他也不想去。

“我真不知道在这样的婚宴上，该说点什么。”阿宁忧郁地说。

沈建树上了车。这是他能给予小髻的最后的帮助。

阿宁疲惫地推开自家的门。

屋内显得空荡而陌生。小髻是个勤快人，临走前，将屋内该洗的洗，该涮的涮，一切陈设恢复到她未住进时的样子。

一切的一切，都同原来一样，只是墙角多了那幅紫花布幔帐。

天不早了，该去幼儿园接费费了。

费费回来，不见了他的小髻姨姨，也许会哭的。

君子于役

丁宁在睡梦中被一阵山崩地裂般的震动惊醒。

四周像墨斗鱼肚子一样黑暗，完全辨别不出声音出自何方。

她的第一个念头是发生了战争。对于军人，这是对一切意外声响最合情理的解释。尽管她是医生，还是女人。

她迅速从床上跳到地下，披上了衣服。她神经健康、五官端正，刚才绝不是幻觉，她现在还能感到剧烈声响过后的那种空气的震荡。

她下意识地拉了一下灯线。“啪”的一声脆响，熟悉而使人心里略为安宁。灯泡却执拗地保持黑暗。丁宁匆忙之中忘了，昆仑高原师留守处没有长明电，每天晚上由柴油发电机供电一小时。

没有声音和光线的暗夜，太使人恐惧了。

也许应该打开门去看看？也许外面发生了什么事情？

丁宁不敢。坚实的门和窗户给她以稳定的安全感，谁知道外面潜伏着什么危险。

她住的这套房屋，是一套“凶宅”。

“你知道，全留守处，不，全高原师就没有一个女人，你说说我把你安排在哪儿住吧！”在她到达这里的第一个晚上，留守处的麻处长措手不及地望着她。

在经历了七天搓板路的颠簸之后，丁宁有气无力地用最后一口气没好气地说：“既然没有一个女人，还要我这个妇产科医生干什么？！没地方住，把我退回军医大学去好了！”

麻处长脸上的每一颗麻子都显出无辜：“你知道，我是说没有女兵，别的女人当然多的是了。留守处就是为她们预备下的，这你知道。”

丁宁什么也不知道！麻处长一口一个你知道，而他所要说的正是你所不知道是他想要你知道的。还有这个留守处，多么古怪的名字！丁宁是从红封面的《毛泽东选集》第二卷里首次看到它的，在那里它属于陕甘宁边区和第八路军。她以为它早成了历史的遗迹，不想在这昆仑山脚下还存着一个。

不管怎么样，麻处长得给新来的女医生找个栖身之处，这是谁都知道的。

“你就住在这儿吧！”麻处长像把最后一支预备队送出去攻炮楼一样，悲壮激昂地说。

那是家属院某排低矮的平房中打头的第一间。因为已是熄灯时间过后，到处黑乎乎的，看不出丝毫异样。屋内除了轻微的霉气外，一切正常。

顾不了那许多了。丁宁所有的骨缝都开了榫，急切渴望松软洁白的被褥和丰满适度的枕头，最最衷心的祝愿就是麻处长表达完上级对下级的例行关怀之后，赶快离去。

“你好好歇息！这里婆姨娃娃的事忒多，你来了我也少操些个心。明天我就把柜里的复方十八甲全交给你。”

轮到丁宁瞠目结舌了。复方十八甲是什么东西？一种妇女用避孕药品的化学名称。尽管医务人员不大在乎男女有别，她还是第一次从一位正团级领导干部口中如此清晰明白而又襟怀坦荡地听到它的全名。

她唯唯诺诺地点头。

轮到麻处长真要走了，出于单身女人对自身安全特有的警觉，丁宁问：“我的隔壁是什么人啊？”

即便在摇曳的烛光下，也看出麻处长的脸红了，麻坑显得暗淡：“你隔壁是虎妞。她男人跟我是一年的兵，在山上当站长。这会儿家里就她一个人，没娃娃。”

也是个单身女人。丁宁心中涌起一股同病相怜的亲切。她的未婚夫毕业后留在内地的学校了。

麻处长已经走了出去，又转了回来，像是下了很大决心："你知道，若是再有一间空房，我也不会把你安排在这儿。"

丁宁顿时睡意全消。住在什么地方，对一个女人来讲，简直太重要了。她务必要把所有的疑点搞清楚。

"你知道……主要是……你知道……"麻处长为难地斟词酌句，用手剧烈地搔头。丁宁闻着厚重的汗湿气味，耐心等待。对于结巴，任何催促都只能适得其反。

"你知道，那个虎姐……她太骚情……"麻处长说完，长吁一口气，看着丁宁。

丁宁几乎要哈哈大笑了。她是北京人，但她听得懂这个西北方言。部队是一所中国语言混合的大学校。骚情是指行为放浪的女人。丁宁怕猫怕狗怕蜘蛛怕兔子，但她不怕骚情。莫非还能骚情到她身上不成？

"你知道——"她有意学着麻处长的声调，"她是女的，我也是女的……"

周围是亘古荒原一般的寂静。

高原师留守处原本是建立在亘古荒原之上。昆仑山像一枚巨大的扇贝，斜插在地球之巅，它那绵延数千万里的沙砾，顺势流淌而下，铺设出地球最辽阔的戈壁。留守处就在这山与沙漠的交界处，依傍着昆仑山，像一个孱弱的女人，紧偎着即将赴汤蹈火的勇士。

凡有资格设下留守处的部门，都是极艰苦极凶险的所在。为了前方将士能无牵挂地戍边，需要将他们的妇孺辎重找个相对平和的地方安顿起来。

不知内情的人，以为到了留守处，也就到了高原师。其实大谬不然。这里距师部尚有七天路程。这是前线的后方，又是后方的前线。一大人来人往，鸡飞狗跳。所有的军需供给要从这里转上山，所有的过往人员要在这里将息整顿，车水马龙，混乱不堪。最重要的是这里居住着几百户家属。她们的男人都在山上，每两年集中休假一次。除了这段时间以外，可以说这是一个年轻妇女聚居的寡妇村。

麻处长是这里的主管。对于从山上下来的那些气冲霄汉的弟兄，他很是诚恐诚惶。高原师是崇尚艰苦的。越是边远困苦的前哨卡，越是气粗胆壮的英豪。待在留守处，简直像待在上海或者巴黎一样，人们在羡慕之余也生出深深的鄙视。

出于这种心理，尽管高原师并不缺钱，留守处的房屋还是修建得十分简陋。墙壁下半截是从昆仑山上自采的石头，半人高以上是单薄的红砖。房檩露着白茬木头，垂挂下来的苇席丝丝缕缕，生柴引火时火苗高蹿，不小心竟会燎煳顶棚。房间与房间之间隔音效果极差。

突然，那惊心动魄的响声又轰鸣起来。这一次，那么清晰那么急迫，像一个濒死之人的呼唤。

丁宁先是一阵战栗，虽然在恐慌之中多少还好奇。紧接着她感觉出自己屋内的某侧墙壁在疾速抖动，黑暗中有些看不见的尘埃落下。

这是靠着虎姐的那面墙。是虎姐在敲墙，而且越敲越急。

“哟！半夜里我听见这屋里有动静，还真来了个耗子扛枪的！”到留守处的第二天大早，丁宁正在门口刷牙，隔壁门一响，走出一个年轻的女人。她不过二十岁出头，下身穿一条肥大的男式军裤，上衣是件碎花小褂，贴身而小巧，显出极好的身材。乍看之下，像个穿裙子的朝鲜族姑娘。她的肤色极洁净，像白缎子一样细腻而闪光。眼珠黑亮，嘴唇薄而鲜红，满头的黑发被一只黑色发网笼络得丝毫不乱，露出极清朗的前额。

这想必就是虎姐了。丁宁想起“骚情”的评价，不知怎么，竟也觉得有几分贴切。只是，什么叫作“耗子扛枪”？她只知道“耗子拉木锨，大头在后面”之类有关耗子的歇后语，不知这句话该怎样理解。

“你不是个军鼠（属）啊？”虎姐是个聪明的女人，她看出几分蹊跷。

“我是个军人。”丁宁吐掉嘴里的牙膏沫，正色答道。从与麻处长的对话里，女医生已感觉到留守处家属们的地位相当于某种军用物资。

“你挣的钱，也和那些爷们儿一样多吗？”虎姐龇着玻璃扣一样的白牙，不相信地问。

“不一样多。我每月要比他们多七毛五分钱的卫生费。”丁宁略带嘲弄地回答。

虎妞却全没察觉到这其中的揶揄之意，设身处地自言自语：“女人要是能自个儿挣钱，就不用指望别人养活了……”

留守处的家属处在完全的被供养状态。这里没有工厂。周围一片荒滩，又不能种菜种粮。唯一能安插女工的场所是军人服务社，麻处长的面皮光滑的婆姨一直在那儿工作，后来又塞进去两个售货员，早已是人比货多了。实事求是地说，留守处的年轻家属是颇有些人才的。高原师的军官别看在军队是芸芸众生，回到农村挑对象时，眼光也十分苛刻（他们在城市是找不到对象的）。自天下大乱以来，军人的地位扶摇直上，种的又是铁杆庄稼，穿的衣服又不花钱，这对农村的女娃们是极大的诱惑。于是，乡下十里八里出名的俊姑娘，便被五大三粗面皮黧黑的边陲连排长们，领到留守处来了。来了以后才知道，“官太太”的滋味也并不好受。

“你是叫虎妞吗？”丁宁明知故问。以后是邻居，彼此多个照应，需要从开头就搞好关系。

虎妞不出声地点点头。

“这么说，你有个叫虎子的弟弟了？”

“没有。爹妈就生我一个。起这个名是想引个弟弟来，可惜到老也没有……”虎妞垂下眼帘。

想想也可怜。一个独生女，离开家乡告别双亲跑出来这么远！丁宁想起那七天海浪般翻滚的简易公路。最初一两天，她还多少有些诗意地构思给男朋友的信：“请你在地图上仔细寻找一个我未来的工作单位，注意不要找到国境外面去……”到了最后两天，她一言不发死气沉沉，几乎没有力气进行最简单的思维了。

“你从家里来一共坐了多少天车？”丁宁心有余悸地问。

虎妞认真地边算边说：“到县上用了两天。我见县城就挺好，问他，你那部队就在这儿吧？他说，还得走。到省城又用去三天。我一看，更好了，就说，这回该站下了吧？他说，还得走。又坐火车，等下了火车，我看看也还行，心想这次是说什么也到了。没想到他一句话，还得往前走……坐汽车到第七天，车停了。我说怎么不走了？他说，到了。我说不行，这哪儿是人待的地方啊，还得往前走。他把我拉下车说，你是想走也走不了，这是专门安顿你们的留守处。我是想不走也得走，到山上一线哨卡去，从这里还得再坐七天汽车……”

虎妞不吭声了，抬头向远处望去。

在那极远的天际，飘浮着若隐若现的霭气。在那幽岚之上，突兀着像刀锋般闪亮的山影，那是昆仑山千古不融的冷雪反射着冰冷的阳光。丁宁注视了一会儿，便觉得两眼酸痛，像被电焊的弧光刺伤。

“这么说，是他把你骗来了？”

“也不是骗。他原说过到他队伍上要走小一个月，我总以为他在耍笑话。谁知中国还真有这么远的地方。”虎妞说着，把目光从山峦收回，又投向屋里。

屋里挂着“他”的相片。一个有着茂盛连毛胡子的剽悍军人，正眯着双眼，注视着他年轻的妻子和新来的女医生。

一只羽毛蓬松的大母鸡，蹒跚着走过来，围着虎姐的腿咕咕叫着，然后索性就地趴下，用脚爪扒出一个浅坑，奓着鸡毛掸子一样的翎羽，焦灼地寻觅着并不存在的谷粒。

“医生，你能给人看病，能给鸡看病吗？”虎姐很郑重地问。

“这个……”丁宁难以回答，又不忍让她失望，“要是感染炎症，可以用抗生素试试……”

“不是啥炎症，就是这鸡要抱窝。”她忙解释。

“抱窝不是病，是鸡的正常生理现象，就像女人要生孩子一样。”丁宁力图说明白。

“可抱窝的鸡就不下蛋了！”她拉丁宁走进她屋里，抢白了一句。

和丁宁的宿舍一模一样的内部格局。只是她的床铺摆在和丁宁相反的位置。也就是说，她们俩的床紧贴着同一堵墙壁。当然，那是张双人床。

她小心翼翼地从床底下拖出一只箱子。打开箱子，只见一个个白纸团安放在锯末之中。丁宁想起北京工艺美术商店卖的玻璃花瓶就是这样包装。她有些炫耀地打开一个纸包，是一枚硕大端庄的鸡蛋；又打开一个纸包，又是一枚硕大端庄的鸡蛋。

“哟！这么多鸡蛋，是留着坐月子吃的吗？”丁宁问。到处供应紧张，鸡蛋可是稀罕物。留守处家属口粮定量每月只有二十斤，一般人也省不出粮食来喂鸡。

“啊……还没有呢……这是预备给他带上山的。”虎妞脸红了，显得很媚气。

七天汽车，一千多公里犬牙交错的惊险山路，这些鸡蛋若是铜的嘛，还可以试一试。但丁宁不愿伤这少妇的心。

虎妞疼爱地翻拣着鸡蛋，用光滑的手指肚摩擦着粗糙的石灰质蛋壳。“过两天就有车到他们站上去，可我这蛋还没凑够一百呢，你说咋整？”她真心实意焦灼地跟丁宁商量。

“有多少就带多少呗，反正路上也得有碰破了的。”丁宁笑她太死板。

“路上归路上。打我手里送出去时，得是个整。”虎妞很执拗。

“那只有跟邻居家先借上几个。借人东西用过了，当面归还切莫遗失掉。”丁宁连说带唱地给她出主意。

“不。”虎妞挺干脆地拒绝了。丁宁不知道是因为虎妞自知舆论批评，估计自己借不出来，还是非得是自己喂出的鸡下的蛋方显出情深意切。

那还有什么办法呢？女人们可以生孩子，却不会下鸡蛋。

“我知道一个偏方，说是给老母鸡吃点避孕药，鸡就不抱窝了。灵着呢！”虎妞好像突然想起的样子，看着丁宁。

丁宁悟出这俊俏的小媳妇绕了这么大一个圈子，原来是想给她的鸡喂点避孕药片。这未免有点天方夜谭。军医大学神圣的教坛上，只讲过给鸡喂维生素 B_{12} 可以多下蛋，没教过什么治抱窝的偏方！恐怕不行。丁宁摇摇头。架不住虎姐再三恳求，并保证鸡被治得从此不下蛋或者干脆治死了，都与年轻的妇产科军医毫无干系，丁宁才答应姑且一试。

复方十八甲的交接仪式是以十分郑重严谨的方式进行的，麻处长不多言笑地将柜子抽屉一一打开，要丁宁逐一清点，并在单子上签字画押，其严重程度不亚于转交原子弹。

丁宁好生不解。也许是司空见惯的结果，这些红的蓝的外表精致的内涵也很丰富的小颗粒不仅堂而皇之在城里各个商场药店的显眼处免费供应，甚至那透明的套子也被淘气的孩子吹得气球一般胀圆，决不像这般森严壁垒。

逐一清点完毕，麻处长如释重负。丁宁随手倒出几粒：一只鸡吃多少适合呢？吃几次才能知道见效或者终于不见效呢？丁宁思忖。

“你这是干什么？”麻处长像站好最后一班岗的哨兵，警觉地问。

“虎姐她要……”丁宁随口答道，话没说完，麻处长如临大敌打断她的话：“龚站长远在十万八千里外，这婆娘预备这干啥？”

“她是喂鸡。”丁宁又好笑又好气，把理由约略地讲了一下。

“甭听那个，这药可得保管好了。俗话说捉贼捉赃，捉奸捉……”

麻处长顿了一下，搔搔眉心，“你知道，咱们都是军人，按说你是个大姑娘，有些事不好说，可咱们留守处，干的就是这个工作，我也就不避讳什么了。”

丁宁很体谅麻处长的窘迫，大方地点点头，表示自己不在乎那个。

“你知道，咱留守处除了保管山上的粮秣弹药，就是保管这些个女人了。人上一百，存什么心的都有。来来往往的男人们，保不准谁想偷个鸡摸个狗的。这个，咱想防也防不住。”麻处长推心置腹地解剖着他的同性，坦率得令人感动。

“你知道，关键是在婆娘们的裤带紧不紧。一是咱们得看管严着点，叫她们没机会起瞎心。二是得叫她们心里头害怕。甭以为谁都不知晓，雁过还留声呢。现在科学发展了，有什么十八甲十七乙的，就不好抓着把柄了。我这儿的避孕药，不发给女的，专发给男的。谁家爷们儿下山了，又不想要孩子，叫他自个儿上你那儿去领！”

丁宁嗫嚅。这一番训诫，是任何一位妇产科教授不曾传授给她的。

“你知道，责任重大。你是女同志，跟家属好搭话，以后发现谁有什么不对劲的地方，像吐啊，月份不对什么的，常向我汇报反映。山上的兄弟们不容易，总不能爬冰卧雪九死一生地回来，老婆肚里揣着别人的孩子吧？！”麻处长的眼皮上有一颗麻子，随着话语飞快抖动，很真挚的样子。

丁宁把手心里的药退回瓶里。有一粒粘得很紧，不肯落下。手心出汗了，染上一片极小的蓝色。这样斑驳的药都不好再给人吃，丁宁随手把它甩到地上。麻处长临走的时候，用脚从上面踩过，留下一团喷溅状的粉末。

虎妞的鸡蛋终究没有凑够一百。不知数目到底是九十几的鸡蛋带到山上，有人说几乎全颠碎了。蛋壳、蛋黄、蛋清、白纸、锯末全粘在一起，成了一块掰不烂揉不碎的新型建筑材料。但虎妞不信这话，她说老龚的信里写了，鸡蛋一个也没破，还给病号做了病号饭呢！

龚站长不常有信来，倒常托人带下一大包一大包的羊毛，好像他不是在边防站而是在种羊站当站长。羊毛有灰的、红的、白的、黑的……丁宁以前从没见过红色的羊，但有一种棕色你实在只能叫它是红。于是丁宁觉得那可能是野羊毛。

虎妞像救火一样在红色羊毛堆里翻腾，要不是一脸怨艾，丁宁一定以为她是寂寞得在玩耍。

“你在干什么？”

“找信。”虎妞抬起汗漉漉的脸。

“有信也会交给司机。不能跟鸡毛信似的，塞在羊尾巴底下。”丁宁笑她。

“没有信，有点东西也好。”虎妞又解开一团深灰色羊毛，细细翻检。除了羊毛上粘连的圆形羊粪蛋外，其他的什么也没有。

虎妞开始洗羊毛，要用许多许多的水。她便穿着碎花袢，一扭一扭地去挑水。丁宁便听到许多女人背后议论虎姐风流：男人不在家，打扮得那么花呀草的，给谁看！丁宁这才注意到，留守处的女人都穿着极肥大的军装，裤裆里宽敞得能塞进去两袋大米。丁宁劝她们稍微改瘦削一点，也显得利索。女人们一撇嘴：隔两天怀了娃，出怀后还得放裤腰，不是又得忙吗！

洗好的羊毛挂在虎姐窗外挂不下，又蔓延到丁宁窗外。一束束毛条柳絮似的，在无遮挡的阳光的烘烤下舒展蓬松，直到吸足阳光，充盈成温暖的云朵。虎姐便把它们取下来，像抖空竹似的提着线陀螺，从羊毛团中捻出又细又匀的毛线。她身段优美，手抖得灵韵。看着看着，你会觉得这事根本没有什么了不起，那毛线原本就存在羊毛里，就像蚕丝是缠在蚕茧上一样，她不过是费了点时间把它们抽出来就是了。

丁宁于是手痒，试了一次，那线像没煮透的白薯粉条，疙疙瘩瘩满目疮痍。丁宁便怀疑虎姐特地给自己挑了一团不好侍弄的羊毛。虎姐是多么聪明的女人，拿起崎岖不平的毛团只一抖，线又像流水般地涌出来了。丁宁只好作罢。

然后是染线。染料袋上是一个三十年代装束的肥白但笑眯眯的女孩，怀里搂着一只绵羊。相当于胸前的部位，注着大红、靛蓝、孔雀绿……

然后是把线和染料一起煮，空气中弥漫着种种特异的气味，连丁宁房间里也闻得一清二楚。颜色是有味道的：红色发甜，米黄发酸，最难闻的是黑色，像雷雨前腐败树叶的铁腥……

虎姐染得最多的是黑色。丁宁曾想堵堵两家墙壁上那些看得见看不见的缝隙，以隔绝空气污染，又怕虎姐觉得生分，就一直没办。

最后是织。毛衣、毛裤、毛背心、帽子；公公、婆婆、小叔子、小妹子；一针上、一针下、两针并一针、三针减四针；水草花、羽毛花、热带鱼花、小刺猬花，外带宁死不屈的阿尔巴尼亚花……

“一件毛衣要织多少针？”丁宁愤愤不平。龚站长有一个庞大的衣不蔽体的家族，若不是虎姐，他们大概永不知道世上有这种柔软轻暖的御寒物。昆仑山上的羊毛很便宜但这种简单重复单调烦琐的手工劳动，实在是令人寒心。

“没数过。总得有十万针吧。”虎姐的手指已经缠上了胶布，指肚被毛衣针抵得出血了。

“知道吗，十万字就是一部小说，十万人马就是一个方面军！”丁宁诲人不倦。

“我就是走十万步，也到不了山上。我心里念过十万次他的名字，他也不回来。”虎姐神色黯然，便拼命快织，不想又织错了，只得拆。拆下来的线弯弯曲曲，没有最初的平滑，虎姐便一个劲地怨丁宁。丁宁便不再说这种话了。

丁宁发现虎姐很自私，把最好的羊绒一缕一缕择出来，单洗单晾，笼在一处，像收集起一团团柔曼的白霞。捻出线来，蚕丝一样细软柔韧。不染色，一水儿的本白，像初生的兔子一样可爱。

“这是留着给孩子织的。”虎妞说。

丁宁便用行家的目光看了看虎妞。她的胸很高，因为用自制的没有弧度的布带束着，便没有美丽的曲线，只是一道膨隆的肉岗。她的臀虽说包裹在宽大的军裤里（这一点虎妞还是以节俭为上，以爱美为次，没把军裤改瘦），丁宁仍很有把握地判断出这是一个上好的骨盆。内外经线绝对在正常高值范围，只要有足够的营养，她会孕育出一个八斤以上的胎儿而绝不会难产。

虎妞开始像个抱巢的鸟一样给即将下山的丈夫和未来的孩子预备吃的东西了。说来也可怜，这荒野戈壁，除了氧气满足供应以外，其他供给很差。探亲的将士在山上高原反应吃不下，到了山下能吃下了又没的可吃了。

敲墙声又一次停歇了。寂静来得比上次更突兀，仿佛蕴藏着极大的危险。毫无疑问，虎妞那面遇到了某种不可解脱的灾难。否则，她是不会这样猛烈地呼救的。

丁宁顾不得害怕。不管怎样，应该过去看看。她随手拉过药箱背上。想想，又把药箱打开，把一把锋利的手术刀握在手里。情况不明，她总该有件防身的武器。万一遇到什么强暴，纵不能制敌于死命，也能把他的脸划一个乱七八糟。

她战战兢兢地开了门，一股逼人的寒气立即吞噬了她。昆仑山脚下是极森凉的，就是最炎热的夏季，午夜外出也需穿上皮袄。

丁宁只觉得脚肚子发抖，半是怕半是冷。这在医学书上是被严肃地诊断为“腓肠肌痉挛”，需要立即针灸止痛。但她顾不了这些，她的墙又被敲响，只是这一次，声音压抑得多，像一个哭得过久的丧妇，喉咙已然嘶哑。

来了……我就来了……丁宁恨不能高声应答，好早一点使虎姐安心。

虎姐半夜打扰她，这不是第一次。

那是一个狂风呼啸的夜晚。漫天风沙恣肆汪洋，一朵朵蘑菇状烟云般的黄尘从无数孔隙蜂拥而入，覆盖在人的口鼻咽喉，使人生动而准确地提前尝到被掩埋于墓穴中的滋味。丁宁一边流着泪，疯狂诅咒这该死的黄风，一边把湿毛巾像防毒面具一样蒙在脸上，以免自己因极为混浊的空气窒息而死。

突然，有人敲门。很轻，却不屈不挠。

这样的鬼天气还要看病！真晦气。丁宁虽不情愿，却也无奈。她干的就是这种工作，病人得病可是全天候的，不管云遮雾罩还是柳暗花明。

忽又听到“咚”的一声，好像什么重物撞到了地面上。尽管隔着门，丁宁也感到了土地的震颤，好像是当妈妈的失手把孩子掉在门前了。却听不到孩子的哭声。稍停片刻，是极细碎的铁物撞击声，好像是鞋带上的束头与卵石摩擦而响……

这事蹊跷。女医生多了个心眼："谁？"

"我。听不出来了？你把门开开。"门外的人说话了。是个男人，年轻的男人。

丁宁立即觉察出异样。这不是上门求医人的口吻。

"你有什么事？"女医生强自镇定。门很结实，黑暗中更像铁壁样矗直。这给她几分力量。

"不是白日里说好了吗？咋……"门外汉的口气透着焦灼和不解。

事情越发漫无边际。丁宁正色说道："我听不懂你的话。有什么白天再说吧！"不再吭声。

屋外的人也久无声息。许久许久，才说："你若这样狠心……我就走了……"

丁宁才不会上当呢！她断定他一定躲在近旁，像童话中佯装离去的大灰狼，待她开门探虚实时再来纠缠不休。虽然事情的来龙去脉还不清楚，天亮时一定要找麻处长报告。

天蒙蒙亮时，丁宁隔着玻璃向外窥去，确实没有人潜伏。再看自己门前，摆着一个黄布袋和一只黄木箱。

这是怎么回事？真真闹鬼了。

突然，一个极灵巧的身影从侧面接近了丁宁的门。

天已大亮，谅不会有更大的危险。况且若让这来路不明的人将这来路不明的东西拿走，事情就越发来路不明了。

门轴灌了土，丁宁极力想快开，门扇却像成心掩护来人撤退一样，滞重而缓慢。丁宁估计来人早已逃之夭夭了。

不想那人却老老实实地站在门前，笑嘻嘻地等着丁宁。

那人就是——虎妞。

丁宁像面对一个疑难病人，瞅着虎妞。

虎妞俯身将黄布袋拍了拍。黄尘逸去，露出几个雪白的指印痕迹。原来这是一袋上好的面粉。虎妞又手脚利索地打开标有“××型迫击炮弹贰发”的弹药箱，从中拎出一筒“化猪油”。

“这油里掺了蟒油，搁一夏天都不坏。”虎妞很内行地敲敲铁皮筒，筒发出半浊半沉的回声。

“你要吗？要就倒走些。”虎妞很慷慨地说。

“可这还不知是谁的哩！”丁宁愕然。头脑里想着掺了蟒油的猪油，不知会不会像蛇一样盘起来？

“我的。”虎妞说得很肯定。

越发摸不着头脑了。丁宁说：“你可不能随便拿走，得把事说清楚。”

“这有什么不清楚的！夜里来送东西的那人是个司务长，专押物资上山。他话里话外逗我。我看出他没安好心，就说，你夜里来和我做伴也成，只是半夜里饿了吃啥呀？拿点细面拿点清油来，我给你烙油饼吃！没想到就真送来了！这后生还挺讲信用。许是半夜风大眼花，瞧错了门，送到你这儿了。把你吓得不轻吧！”

这真比嗟来之食还叫人难以忍受。丁宁没好气地说：“原来是这么回事。我该给他指指路的。”

虎姐扑哧一笑：“那我也不会开门的。真叫他占了便宜，那还算什么本事呢？”

丁宁真想把这事报告给麻处长，想了半天，还是忍下了。毕竟没造成事实。不过感情上却渐渐疏远了虎姐。

人就是这样，两人好的时候，听不见别人讲她的坏话，待到关系冷淡了，才知道外面的议论并非没有根据。麻处长的妻子李小巧跟虎姐是同乡，说她在家时就跟不三不四的人好，看上了龚站长的两片红，这才上门去求亲。龚站长呢，也没志气，看上虎姐脸模子强，也不管作风不作风了，就引上留守处来了。龚站长前脚上山，虎姐后脚就在山下惹事。前几户邻居，就因为受不了时不时的骚扰，调房走了。

丁宁也顾不上这许多，她的大忙季节到了。

昆仑山解冻，道路开通，两年一度的探亲假来临了。年轻的军人们，像饿虎扑食一样，从山上回到他们的妻子身边。女人们突然光鲜起来，脸上抹粉，头上擦油，连走起路来的弹性都分外好。彼此心照不宣，大家都喜气洋洋。女人们几乎在同一天开始恶心呕吐，同一天由丈夫陪着找到年轻的女医生，让她诊断是不是有喜。丁宁都暗自发愁了。这样大面积地同时播种，到了收获季节，她一个人怎么忙得过来！

然而，廉洁厚道的龚站长没下来。刚开始，说是那个哨卡最高，雪化得最晚，换下来的时间要迟些。虎姐便天天到公路边去等。从山上下来的车多半黄昏时到。每天日落之时，便有一个俊俏的女人，倚着她家的鸡窝，哄着鸡吃食，眼睛却看着苍茫中变得昏黑的昆仑山。鸡是雀盲眼，天黑透了，吃不到食了；女人却忘了把鸡笼门打开，老母鸡们不耐烦地咕咕乱叫……

丁宁又动了恻隐之心：老这样站下去，不知在哪一天突然变成望夫石。

听说龚站长其貌不扬，个子比虎姐矮半头，才到虎姐腿肚子那儿。丁宁百思不得其解，矮半头充其量才到耳朵那儿，怎么能矮到只有一尺多高？就是最严重的呆小病侏儒也不至如此吧！麻处长的夫人笑着告诉她，这是嘴对嘴上头比齐了量……大姑娘就是大姑娘，别看她是妇产科大夫，该不懂还是不懂……丁宁这才红着脸恍然大悟，不觉又替虎姐不平。

戈壁滩上的小草可以抢在几天之内发芽开花打籽，然后又急急忙忙枯萎了。远处的冰峰夏日略显清秀，很快又像留守处的孕妇们一样，丰隆起来。山路又封上了。

因为替换的干部突然生病，龚站长主动要求再坚持一年。又有人说，那个最高的边防站紧靠着昆仑山主峰，那里有神秘的放射性物质，几乎所有的男人都得了阳痿。有人说虎姐在山下行为不端，龚站长原准备提着枪下来，被领导死拉活拽挡下了……

没有人知道事情的真相，人们都按照自己的希望相信某一类传闻。虎姐不再倚窗而待，她那丰盈的面孔像残月一样日渐消损，颜色竟比那些剧吐的孕妇还要憔悴。

丁宁在百忙之中没忘了谈恋爱。书信往来已到炉火纯青的地步。世界上的距离对热恋中的人们是腐蚀剂或是催化剂。爱情会因此断裂或是变得钢铁般牢固。她急着要离开留守处，这里不是女人待的地方，虽然这里的常住居民基本上都是女性。对于女军人来讲，找一个内地的丈夫，名正言顺地结婚调走，从此便可以脱离苦海了。这种临时观点并不妨碍丁宁对工作认真负责像任职四年为一期的美国总统。她知道自己来日苦短，愿意尽力在身后留下一座丰碑。

虎姐把鸡杀了。她嫌那鸡不下蛋总抱窝。就是偶尔下一两个蛋，也要在窗台下无休止地歌唱，打扰她睡觉。她端了一碗鸡汤送给丁宁。

鸡腿像粗大的枝丫突兀在橙黄色的鸡汤之上，女人总是很容易原谅对方的。丁宁想起这只曾立下丰功伟绩的鸡，曾经多么想当真正的母亲，不禁神伤。但久未闻肉味，喝了一口汤，味道极鲜，谈话也就变得融洽起来。

“李小巧病了？”虎姐淡淡地问。她的脸色仍旧不是很好。神情却比刚得知丈夫下不了山时安宁。

“是啊。”丁宁点点头，想不出这有什么奇怪。

“啥病哩？”

医生似乎也同银行职员一样，有为病人保守秘密的责任。不过，小巧的病很普通，没有什么可回避的。

“不过是普通感冒。”

虎妞穷追不舍：“你给开了啥药？”

这似乎有点过分，像是医院科主任大查房。不过一块色白如木板的鸡胸脯肉减轻了她的气愤，含糊答道：“不过是阿司匹林一包。”

“要是不好呢？”虎妞仍旧不依不饶。

“那就要进一步详细检查了，比如是不是肺炎气管炎……”丁宁不耐烦了。

“知道外面怎么说你们医生吗？头痛感冒，阿司匹林一包；不行，再来一包；再不行……”虎妞笑着不肯说下去。

“再不行怎样？”丁宁来了兴趣。

“再不行——准备十字镐和圆锹……”

谁这么埋汰医生！“告诉我，这是谁说的？”丁宁火了，自己辛辛苦苦站好最后一班岗，竟遭人如此编派！

“没人说，是我自个儿想的。”也不知是真是假，反正虎妞把恶毒攻击的罪名揽到自己身上了，问也问不出了。

“丁医生，下回李小巧再病了，你就叫她夜里盖好就是了。省得人家前脚拿了你的药，后脚又说你看不出毛病来！她那病，纯是夜里折腾的工夫大了，冻的。”

丁宁终于明白是怎么回事了，不觉有些气恼：这些难缠的女人啊！“只是，你怎么知道的？”

“俺……俺夜里听到的……”

一时，两人都不知道再说什么好。想到夜深人静，一个女人游魂似的在外面游逛，丁宁不禁毛骨悚然。“你……不害怕吗？”

“我……也不是成心的。夜里实在睡不着，浑身燥热，心里长鸡毛，就出来转转。留守处别看黑，到处都在响动……”

丁宁给虎妞开了强力的镇静安眠剂。

果然到处在响动！墙也在响，屋外传来嘈杂的人声。丁宁痛下决心，过去看看虎妞究竟出了什么事？

门外极黑，高耸的昆仑山遮盖了半天星光，余下的半天又被厚厚的阴霾捂死，人仿佛在墨汁里游动。远处有几点转动的灯光，好像是上下岗的哨兵。

门贴着门，不过三两步的距离。丁宁敲响了门，虎妞把门打开，却又拦着门不让她进去。

一股新鲜浓郁的汗气从虎妞赤着的臂膀上发散而出，同着脉跳的频率，有节奏地扑面而来。平日整齐的头发云雾般蓬乱着，额前几缕胶着在皮肤上，黑而发亮，像是一片扯烂了的黑布。她的眼球快速移动着，不知在窥探什么，可就是不看近在咫尺的丁宁。

远处的灯光竟像被线拽着似的摇曳而来，四周不知何时亮起星星点点的光斑，好像夏夜的萤火虫突然聚会，黑暗中不知埋伏着多少人马。

丁宁正想看个究竟，虎姐一把把她揪了进来。劲道极大，扯得她一个踉跄。

“丁医生、丁大姐……求求你了，发发善心，救救我……救救我们……”虎姐的声音全变了形，好像一个陌生的老女人。

手电筒已从远处朦朦胧胧地射过来了。屋内没有点灯，却有影影绰绰浮动的光晕。于是丁宁看到了一个男子——一个青年男子——正在手足并用地往身上套衣服。窗外远处一道手电光石火般地一闪，像鞭子一样掠过他的面部……

原来是他！

留守处只配发极简单的营具，简朴得像延安的窑洞。家里增丁添口过往客人，连把多余的吃饭椅子都没有。边防军人们就开始动脑筋想办法了。好在山上有大批的空罐头箱、弹药箱，都是上好的板材。捣鼓点这玩意儿下来，也不算物资倒流。稍作加工，便成为橱柜饭桌的原料。

一天，一个眉清目秀的小伙子走进卫生所，右手指紧捏着左手指，滴答的血还是洒了一路。

“怎么搞的？”丁宁迅速迎上去。

“斧子砍的。”他极力把话说标准，仍流露出极鲜明的地方色彩。

伤口很深，小伙子又很面生，且没有山上下来的散兵游勇那种目空一切的气概，丁宁不得不问详细些。

“他是木匠，在咱这儿给人打家具的。”一个女人忙不迭地从门外闪进来，生怕丁宁会见死不救。原来是虎姐。

这种见血的红伤，就是对方是个俘虏，出于人道，丁宁也会包扎的。她不喜欢别人在她工作的时候指指点点，便冷淡地用眉梢朝墙上一挑：那里贴着一个巨大的“静”字。

虎姐噤了声，专注地看着小木匠由于捏得过紧而像鱼肚一样苍白的手指。

龚站长变得顾家了，人没下来，倒把做家具的木料预备齐了。丁宁这样想着，用丝线将小木匠的伤口缝好，裹上纱布。“注意别沾水。三天过后来换药，看看有没有感染。”

三天过去了。小木匠没有来。丁宁多少有点不放心。万一化脓了，他以后做木匠的前景就不会很辉煌。一个医生缝合一个伤口，就是制出了一件成品，是要保修的。丁宁便去找他，私下里也有自己一点小小的私念。

丁宁的婚姻进行曲已经接近高潮。男朋友已将所有的家具置齐，并让鸿雁驮来了未来新居的平面设计图。万事俱备，只差新娘和一对沙发。他嫌街上卖的沙发式样不好，拟自己打一种新颖的。沙发腿的结构还没有最后定下来，要丁宁拿个主意。不妨问问小木匠，他的乡下口音极重，大土若洋，也许民间色彩更能标新立异呢!

满地都是发卷一样卷曲的刨花，空气中散发着清晨树林子的味道。小木匠受伤的手指翘起，其余的手指推动刨子，身形起伏，十分卖力。旁边蹲着一个女人，在帮他洗衣服。

又是虎妞！丁宁面露惊异之色。

“不是你说不要让他的手沾水吗？”虎妞反问道。

是啊，丁宁是说过这个话。可不让他洗也不一定非得你洗啊？

拆下来的箱板很多，单是锈了的铁钉便积了一大盘，像一碟面目狰狞的菜肴。

“真看不出，老龚像个后勤部长，把整个昆仑山的木头箱子都拾掇来了吧？”丁宁边察看伤口边说。还好，愈合正常。

“他哪儿有那本事！这都是给处长家做的。”

轮到丁宁吃惊了。麻处长一不上山，二不管库，神通真大。又一想，也不难。

还是管自己的事，把沙发腿及早做好，离开这遥远的蛮荒地带吧。

丁宁问小木匠。

小木匠蹙着眉头想了想，用斧子劈出一支带尖的木笔，蘸了点墨斗的墨汁，在一块刨好的有着长江三峡水一般花纹的洁白木板上，嗖嗖几笔，画出一种沙发腿。

丁宁觉得不好。

小木匠不待她讲话，又是几笔，另一种腿出现了。

丁宁还是觉得不好。小木匠待要再画，板面已经满了。他提起刨子，轻轻一推，一张宣纸一般轻薄的木皮便缩卷起来，那张半透明的草图便轻盈飘落在地上，白木板上又呈现出惟妙惟肖的三峡山水图案。

以前单知道入木三分是个本事，殊不知这种飘在木纹之上的功夫，也是一绝。

丁宁终于挑中了一种式样。蟠龙虎爪一般很有气派，未来的客厅会因此而增辉。

“这式样，需极硬的木料。”这是今天小木匠自始至终讲的唯一一句话。

然而这一句话，使丁宁茅塞顿开。他的口音同虎姐同麻处长同李小巧一模一样。只不过其他人经过革命大家庭的熏陶，已经不那么纯粹不那么地道，而他的方言像刚拔出来的红萝卜一样，皮红缨绿，十分新鲜水灵。

老乡遇老乡，两眼泪汪汪。乡党乡党，有了同乡才有同党。丁宁虽说走南闯北，没有什么地域观念，但她知道老乡的分量，多少原谅了虎妞的过分亲昵。

没想到，现在在虎妞的床上，看到了小木匠那张原本清秀此刻已扭曲成极度古怪的脸。

一切都明白如镜，一切都铁证如山。没什么好说的。两个赤裸的身体、两张惨白如蜡的脸，还有男人女人纷纷杂杂的衣服和鞋……

“通奸”这两个字像浮出海面的精怪，直挺挺地站在丁宁面前，用黑洞而无光的眼睛注视着她。

丁宁已经顾不上害怕，脑子里一片空白。虎妞，你为什么要敲墙为什么要敲墙？你想要做什么做什么？现在怎么办怎么办？

丁宁呆若木鸡。她从未想过生活中会出现这种局面，这一瞬比核毁灭还令人恐惧。

小木匠僵在那里，嘴唇哆嗦着，似有很多话要讲，却一点声也发不出。

手电光束笔直地斜射过来，遇到窗帘又弹了回去，溅得那布帘忽明忽暗，像一块时时闪光的铁板。

“这屋是谁住的？”一个嘶哑的声音问道，手电柱为之一颤，看来这件得力武器掌握在麻处长手里。

“这屋是丁医生住。今晚普查，她一个单身女同志，就不要查了吧？”丁宁听出这是一位政治干事。

“这时候，谁家里若不是一个单身女人在家，这事就麻烦喽……”

麻处长的声音。

于是，“嘭嘭”的敲门声响了。

麻处长终于使出这种突然袭击的手段，在留守处家属院开始夜间搜查了。连她丁宁都不放过！丁宁屈辱万分，真想跑出去质问他们有什么权力私入民宅！

然而，这终究给千钧一发的危急形势注入了一点小小的润滑油。在极短暂的时间里，这间屋里十分平和。

“你……快跑吧！”丁宁别过脸，不想看这一对筛糠一样人儿的苦相，示意小木匠。

“跑不了……四周早把下了。”虎姐回答。

是的。这该早想到。深思熟虑的麻处长，是不会留下这等纰漏的。

“扑通”一声，小木匠裹着被子，给丁宁跪下了：“医生大姐，我从乡下跑了几千里上万里路，就是为了见她一面。我家成分高，要不也能当兵，说啥我也会娶她……就这一次，下回再不敢了……你救我们一回，我不怕，怕的是她……”

丁宁几乎理解不了这些不连贯话语的意义。在她短短的一生里，从未想到有一天两个人的命运将同她生死相关。

她不知道该怎么办。无论救与不救，她都不知道该怎么办。

“丁医生不在家。也许，是给人看病去了。”那个干事说。

丁宁真想给他敬一个标准的军礼，假若不违反任何道德规范的话，还将吻一吻他的额头。在这个漆黑的恐惧的夜里，还有人给她以起码的信任，她感到轻微的温暖。

“看好她的门，看一会儿有没有人出来。”麻处长轻声吩咐道。

丁宁来不及为自己愤怒，虎妞家的门就被响亮地无可置疑地敲响。

丁宁茫然地注视着墙壁。墙壁上的龚站长两眼分得很开。中间是一个宽大的鼻梁。这样的鼻梁戴眼镜一定很难受，会硌出两个鲜红的坑。不过龚站长不会戴眼镜，他文化不高，信也写得很短……

大难当头，丁宁想到的竟然是这样不着边际的事，而且还很细致。

只有虎妞清醒。她突然像从冬眠中惊醒的毒蛇一般，扭动着光滑的身子，哧哧地吐着白气，几乎没费什么力气，用一个手指头一点，原本在地上的小木匠就势一滚，肉球似的钻进了床底。

下垂近地的床单微微抖动着，虎妞两眼睃视着，一抬脚，把一双男人穿的鞋准确地射进床底。

现在，屋内只剩下两个女人了。

门已经敲得颇不耐烦，门框往下震土，在丁宁眼中，门扇已经弓形膨出。

虎妞像一头花斑豹子，嗖地蹿上床，把两床棉被一股脑地盖在身上，然后目光炯炯地四处巡视，忽地又扑到地上，扯过一个瓷盆，哗哗尿了一泡，半推半就地堵在床沿，然后鲤鱼打挺似的钻进沉重的被窝。

丁宁像个局外人似的，不知道该干些什么。

门又一次山崩地裂地擂响了。

虎姐急切地示意她去开门，顺手把灯点亮。

丁宁步履蹒跚，双膝发软。丁宁只觉得心脏在咽喉处、眼皮下、太阳穴、脚底板一齐跳动，肺却不知道跑哪儿去了，全身都淤积着二氧化碳，没有一息氧气。

她最后扫一眼房间，片刻之后，这里不知会出现怎样的场景。虎姐的尿盆里泡沫还没有消散，压在下面的那床被子被小木匠磕头时裹上了土，该拍打一下……这一切，都来不及做了。

她走过去打开门。门外的人扑将进来。

“咦，你怎么在这儿？”麻处长大为吃惊，手中的五节电池手电筒，像一只巨大的银臂，在丁宁脚下扫动。

“我……”

虎姐呻吟了一声。

“我来给她看病。”丁宁鼓足了勇气。这是唯一站得住脚的解释。她垂下眼帘，生怕麻处长锐利的目光看清她的眼神。从睫毛分隔的间隙里，她看见床沿下方的布单微微拂动。

“白天不是还好好的吗？怎么晚上就病得这么厉害？”麻处长认真负责地像父亲一样慈善地去摸虎姐的额头。

丁宁知道，那额头一定冰凉如铁，且有一层泥鳅的黏液。

“并不是所有的病都发烧，您知道。”丁宁的牙齿不再打战，谎话一旦开了头，就没有后退的路了。

“那到底是什么病？怎么这么半天才开门？”处长满腹狐疑。

“是……是妇科病，你知道，我正在给她做检查。”丁宁流畅地沿着谎话的轨道运行。

虎妞此刻已完全像个病人，简直是病入膏肓。脸色青灰，眼神涣散，嘴唇颤抖，全没了片刻前的果敢与英勇。

事情似乎可以到此结束了。年轻的女军医是这方面的权威，一旁放着药箱，一切都合情合理。

人们像木偶一样呆站着。在一个极短的瞬间，麻处长也想鸣金收兵了。但是高度的革命责任感和深厚的无产阶级感情加上种种蛛丝马迹，使他对此事满腔热忱。

四壁斗室，几乎空空如也。除了最必须的生活用品，清贫而凄凉。几个木箱摞在一起，蒙了块细碎花布，算是这屋中唯一的奢侈品了。一口黑不溜秋的粗铁锅，影影绰绰几个出土文物一样的陶碗（这附近的老乡还烧不出瓷碗），墙上贴着一幅胖娃娃的年画。没有阁楼没有地道没有夹壁墙，唯一能藏住人的地方就是双人床底下。

所有的人都注意到了这一简单事实。麻处长平端着手电，像举着一挺重机关枪，俯下身去……

虎妞的眼睛瞪得像猫头鹰一样圆，牙齿凶狠地龇出来，咬在煞白的嘴唇上。两床厚重的被子像沙丘一样移动起伏……

丁宁手心里汪满了水。没有什么能够阻挡住麻处长，除非这一刻天塌地陷。

时间像被钉死在墙上，连颤抖的煤油灯焰都一动不动，惊骇地将屋内照得惨白。

丁宁甚至期待时间快一点过去。该发生什么就发生什么，否则人的神经就要爆裂了。

“哐啷”一声，麻处长的手电筒碰到了瓷盆沿，一股新鲜的人尿气息立即荡漾开来。

麻处长皱了一下眉头。女人尿是很晦气的东西，乡下人十分忌讳，会冲撞官运的。半夜三更清查家属院，这种腌臜少不了碰上，他也只好隐忍，为了革命嘛！但这一次，不歪不斜，通往床下的空间，被白盆子挡得严严实实……丁宁原已经绝望了，但这一瞬间事情突然有了转机。麻处长的犹豫给了她一个千载难逢的机会，她顾不得上下级关系和礼貌，几乎是从麻处长手里把装有五节电池的手电筒抢夺过来：“让我来瞧瞧。我进来半天了，这里头要是藏着个人，可真把人吓死！”

随行的政治干事给她一个会心的微笑。意思是：你看吧，真有人藏在那儿，我给你保镖！

丁宁单膝跪地，没敢把瓷盆移动地方，绕过它，很低地撩起床单，将探照灯一样明亮的光束送入无底的黑暗之中。

她最先看到的是羊毛，纺成线的和未纺成线的，分开码放着，很整齐。龚站长没有本事给妻子带下面粉和木料，只会买便宜的羊毛，如今他的父母都穿上体面的羊毛衣了。龚站长还在买羊毛，好像要让普天下的劳苦大众都生活在温暖之中。羊毛是好东西，在这个寒冷的午夜，它既是良好的掩体，又能给人御寒。然后丁宁看到了有着细腻粉末的面口袋和盛满化猪油和蟒油的绿色油筒。面没减少，筒未开封，一切同那个恐怖之夜丁宁初次见到它们时一样，都是原装货。再然后丁宁看到了她最不想看到又必然会看到的东西：赤裸的肩，赤裸的腿，收缩得很紧的下腹和木板一样板正的背脊……青白的电光闪过，那肌肤像被炮烙过，爆起一层粟粒样的油珠，急遽地以不规则的频率抖动着，仿佛就要冒起股股青烟……这不像是一具人体，因为没有头。头到哪里去了？不知道。丁宁不忍心寻找那颗有着清眉秀目的头颅了，她不想看见那张惊恐万分的脸。

丁宁握着手电喘息了一下。她不能动作太快，要显得很认真，很仔细。事情进展到这个份儿上，她只有义无反顾了。

她用手电徐徐扫视，犹如负责的水暖工人。于是她看到了自己包扎过尚未完全愈合的伤指，紧紧地揪着两只破烂的布鞋，在手电光的逼视下，那鞋几乎要坠地……终于，她看到了小木匠的脸。

那脸紧紧贴着木质床板。耳朵、眼睛、嘴唇，甚至鼻子，都严丝合缝地挤在床板上，仿佛在看什么、听什么、闻什么……

丁宁困难地直起身。“那里……那里什么也没有。”她的手被沉重的手电坠得下垂，像骨折似的抬不起来。手电光便沉入瓷盆，她惊讶地发现盆中有血迹。

事情就这样过去了。谈不上对虎姐有多少好感，从内心深处，丁宁鄙视一切行为放荡道德不端的女人；也绝不是仗义执言拔刀相助，丁宁自知自己软弱和贪图安宁，她就要离开这里永不回来，去找自己的丈夫去找安宁。她之所以能勇敢地挺身而出，归根结底竟是怕！她刻骨铭心地害怕那即将发生的惨剧。她不能忍受那种对灵魂对肉体的暴露和践踏。假如这一切注定要发生，那就让它在另外的场合另外的时间吧，只是不要在今天……

麻处长已经准备要走了。今晚的行动极其秘密，不会有人走漏了风声。虎姐是重点怀疑对象，这次扑了空，以后再接再厉吧！但是，他突然转过身来。

也许是丁宁终于没能成功地抑制住手的颤抖，手电光束像失了准星的枪管左右晃动；也许是丁宁过于镇定过于大义凛然；也许是麻处长高度的革命责任心加深厚的无产阶级感情使之昭然；也许纯粹是巧合是概率是天网恢恢疏而不漏，就在一切即将结束，干事已经拉门，虎姐面色已经微显红润，东方已经初现曙光，丁宁已经长吁一口气的时候，麻处长以其清晰、毫不口吃、毫无商榷的语气说道：“把手电筒给我。”

“把手电筒给我！”

女医生似乎没听懂这句话，木僵似的不动。麻处长就又重复了一遍，音量没有加大却十分威严。

屋内极静，听得到所有人的心跳。丁宁听到床板下那颗心，将床板敲得咚咚响。

丁宁的手一松，手电筒掉到地上。电光闪了一闪，又坚定不移地燃亮。光柱因有一小块玻璃的破碎而不那么规整，却依然明晃晃地耀眼。

还有什么办法吗？没有了。时间在一秒钟一秒钟地流逝。这本身就意味着一种反常、一种秘密。

麻处长伸着手。

丁宁把蒙子破裂的手电筒递给处长。她再无选择。

麻处长低下了高大的身躯，撩开床单低垂的下摆，电手筒像探雷器一样伸了进去，右臂有规则地从左至右依次移动，然后，停在空中，久久不动了。

“您跟龚站长是一年的兵，他才营级，您已是正团，进步够快的。”丁宁同麻处长这样说过。

“也说不上是进步，主要是沾了麻子的光。”麻处长很诚实很谦逊地说。

女医生愕然。麻处长可不是若有若无的浅俏麻子，而是货真价实的重症天花幸存者。

“您知道，麻子是不能当兵的。”麻处长很坚持原则，对自己也不例外。

是的。麻子虽不影响战斗力，但影响军威。除了战争年代，丁宁还真没见过麻子兵呢。

“接兵的人说，昆仑山上除了野羊牦牛，再没有什么活物看你长相，只要不怕吃苦，跟上走吧！就这样，我就当上兵了。”

丁宁深表理解地点点头。昆仑山是个特殊的地方，这里理当有特殊的规则。

“起先也没显出我来。后来成立留守处，这是个管婆娘娃娃的官。大伙说，让他去吧，他去顶保险，我们在山上也放心。就这么回事……”

麻处长的手臂久久不动，他看到什么了？

两床厚棉被下那个可怜的女人，剧烈地打起摆子。棉被扇起一股股怪风，好像那底下蜷着的不是人，而是一只受伤的野兽。

丁宁任人宰割地站立着。她知道麻处长看到了什么，也知道麻处长会怎样处置。但在内心深处，仍然蛰伏着最后的希望：麻处长，你什么都没看到，都没看到！

麻处长挺直了身体，脸色平静而庄重。他也把手电筒垂了下来，看来不打算继续使用了。而后，他像唯恐惊吓了什么人似的轻声说了一句：“出来吧。”

这不啻于一颗原子弹爆炸！

山崩地裂吧！火山爆发吧！沧海横流、房倒屋塌、灰飞烟灭、雷电交加吧！让我们沉到地心深处，让滚烫的火山灰厚厚的岩浆包裹住我们，让大家一块儿变成蜡像、变成化石、变成琥珀、变成恐龙骨架，让亿万年后的人们吃惊去吧！这几个衣着整齐态度庄严的男女军人（人们如果谨慎地复原，也许会发现其中一个有麻子），握着一只颀长的不知道叫什么名字的金属仪器，在刺探什么寻找什么。隔着一层薄薄的木板（到那个时候床板也可能变成灰或是煤炭），另一个男人和女人，几乎赤裸着身体，互相在倾听互相在安抚，胸膛贴着胸膛……

事实上，什么也不会发生。屋内寂静，好像忽然回到地球初始的洪荒年代。

“不能！你不能哇！”床上的女人像被刺伤的母狼，嚎叫起来。丁宁永远不清楚，这话是对麻处长还是对床下的恋人所讲。虎妞哗地像掀纸片似的揭开被子，在跳跃的油灯下，人们看到了一个洁白的人体，它赤裸着，却全然没想到要遮盖自己。它疯狂地活动着，把被子推到地上，然后将它们塞入床底，好给那可怜的冻僵的人儿最后一点温暖。

麻处长并没有拦阻她。事情到了这一步，他变得宽厚而仁慈。他把身子转了过去，发出最后一道命令：“你们把衣服穿上。”

男人都顺从地转过脸去。丁宁塑像般一动未动。没有什么可回避的，她早已看过他们了。丁宁至今没想明白，从这对悲惨的人儿发觉自己被包围，疯狂地捶打她的墙壁开始，他们尚有充足的时间把衣服穿起来，纵使无法逃脱总不至于如此暴露。但他们似乎很傻，忘了这最关廉耻的一点。

丁宁应该转过身去，那她心里就不会留下这幅凄惨的画面了。小木匠从床下很利索地钻了出来，当一切欺骗和伪装都失去效用的时候，他无所畏惧，表现得十分英勇。此刻，他只想见到他的女人。在经历了漫长的撕心裂肺的别离之后，他要见她，亲眼见一见她。隔着床板，他感觉到剧烈的颤抖。他曾用手抚摸过僵直的床板，想给她一点力量一点镇定，那床板颤抖得更加汹涌。现在，他终于可以在众人面前堂堂正正地看她一眼了。

虎姐甚至伸出手去拉小木匠出来，好像那不是床底，而是一口深井。于是，两个近乎全裸的年轻的机体立刻胶着在一起，像酷寒中的羊拥挤一处，彼此用自己最后的热量温暖对方，或者正相反，从对方身上得到最后的热量以延续自己的生命。

丁宁看着他们如此密不可分，忽然悟到男女原是一体，是个多么伟大的命题。作为医生，她经常看到这一半或是那一半。不想人合在一处，竟也很好看。上帝真是一个伟大的捉奸者。

两个融合中的人，沉浸在他们的恐惧和享乐之中无休无止……

“好了。你们都看见了。”麻处长极平静地宣布这一切结束，然后押着小木匠走了。

破坏军婚是很重的罪，小木匠被送到遥远的劳改农场去服刑。

怎么处置女人呢？这可要山上的龚站长下最后决策。大雪封山，连一只鸟也飞不上去。麻处长急于邀功，原准备用电报将此事发往昆仑山上那个最高的哨卡，后来被机要参谋拦下了。边关要塞，有着两只间隔很宽的眼睛的边防站长，一旦急火攻心，下又下不来，出了什么意外，可要拿你麻处长是问。麻处长思忖再三，国事大于家事，还是让老战友再做半年想媳妇的美梦吧。

丁宁要走了。是她催促未婚夫在最短时间内办完了结婚以至调动的全部手续。

虎姐为她送行，拿出几块像赭石一样滞重的木块："没有别的，这是野核桃木，最硬的杂木。做沙发腿，就是那种蟠龙虎爪腿，最好。"

丁宁收下了野核桃木块，却忘了问这是小木匠以前就留给虎姐，还是虎姐自己为她寻找的，或者小木匠从遥远的劳改农场托人带出来的。

"还有这线……"虎姐拿出像柔曼的白霞一样缠绵的细毛线，那是她亲手捻的。

"不……不……"丁宁推辞，"那是你留给孩子用的……"

"我还会有孩子吗？……不会有了……"虎姐木呆呆地摇头。

龚站长下山后将怎样处置他的妻子？没有人知道。单是那场可怕的病，虎姐也真的很难有孩子了。

麻处长对丁宁医生的离去，表示了极大的遗憾："你知道，你这一走，咱们留守处，不，整个高原师就没一个女人了。"

丁宁连连点头。是的，高原师没有一个女人了。

许多年过去了。丁宁满意而富足，只有偶尔会在半夜里突然惊醒，惊恐万状地指着身边的墙壁说："听……有人在敲墙……"

"你又在做噩梦了……"丈夫拥着她轻柔地耳语。

是的。她又做噩梦了。

女人之约

郁容秋的病危通知，快下班的时候送到了工厂医务室。

医务室负责人兰医生，把握不准把这悲痛的消息，是立即上报还是等到明早再说。

按说该早点报上去。毕竟是辛苦了一生一世的职工，到老了死了，领导要去看看，叫去的安心，活着的心里也温暖。但这个时机很难把握，报得早了，死或不死还不一定。医院里怕负责任，常常未雨绸缪，领导兴师动众地去过了，最后病人又全须全尾地复了原。出院后在厂门里碰上了，两下里都不大自然。病人觉得自己没死，劳驾了那么多领导，挺对不起人。领导嘴上不说什么，心里怪医务室谎报军情。若是信送晚了，领导三脚两步赶到，病人已进入弥留状态，瞳孔散大得连人影也辨不清了，拉着领导的手直叫自己小儿子的名，自然也是医务室的失职。最好的时机是病人回光返照的时刻，头脑清晰，思维敏捷，面色和善，双目炯炯有神，放射出智慧的光芒。而且格外健谈，充满了对世事的深刻洞见。古人曰：人之将死，其言也善。指的就是这种时刻。

只是这个火候很难把握，跟战机似的，稍纵即逝。判断一个人什么时候死，比判断一个人什么时候生困难多了，没有任何公式可以遵循。

生死不由人。兰医生是一位负责的医务工作者，她决定下班后不回家，先上医院。一来是要当好领导的参谋，二来她很想看看厂里这位最美丽的女人，如今病成了什么样子。

已经过了探视时间，传染病医院里充溢着古墓般的荒凉。裹着棉大衣的老人从幽暗的拐角处发出不许探视的警告。兰医生出示了病危通知书，这是最好的通行证，她所向披靡。

郁容秋住在高干病房。入院时医院床位极紧张，厂长指示：一定要不惜一切代价挽救病人，要血有血，要钱有钱。

护士小姐敲着病历说："只有高干病房还有空床。高干们吃的是国宴，卫生条件好，自然很少得传染病了。只要你们付得出房钱，普通人不是传染病也能住。"

陪同郁容秋住院的兰医生，想起了厂长的指示，毫不犹豫地接过了入院登记表。姓名、年龄、籍贯这些都好填，唯有是何种干部级别这一栏犯了难。无论多少房钱厂里可以不在乎，但任命一个高级干部的事，兰医生想：别说是自己，就是叱咤风云的厂长，也得顿挫一下。

“你现在是多少级？”她问蜷在一旁的郁容秋。

“四……四级。”郁容秋的脸上像涂着没有搽开的增白粉蜜，寒霜一片，眼圈黑得像盖了两枚墨色图章。头发像京剧里的青衣，一缕缕被冷汗粘在额角，惨白的嘴唇咝咝吐着气。

“填四级可不行，这也太高了。‘文化大革命’以前，一个华东局中南局的书记还不够四级呢！虽说瞎填呗，也得差不多。”小护士瓦片形的白帽子，因为晃动，像蝴蝶花似的颤抖着。

兰医生知道郁容秋的四级是确有其事——她是厂里的普通四级车工。

“能住你们这儿的最低级别是多少？”兰医生问。因为下垂得过久，蘸水笔尖聚起一滴椭圆形的墨水，根蒂部正在瓶颈般地变细，墨水滴渐渐变成饱满的鸭梨形，颤颤巍巍地闪动着柏油似的微光。

“怎么也得十级以内。”护士小姐毋庸置疑地说。

兰医生给郁容秋填了一个九级，相当于“文革”前的厅局地师级。

这是一间很大的病房，有吊灯、冰柜、遥控彩电……洋红色的地毯冲淡了医院里惯常的萧瑟之感，带来轻微的暖意。甚至气味都不是令人厌恶的消毒水味，而是像栀子花一样淡淡的幽香，像大宾馆豪华的客房。

郁容秋侧卧在半摇起的特制病床上，床旁的地灯像一支金笔，勾勒出她尖峭的身影。肩胛骨像倒竖的铁锨一样锋利，颈子像用灰白的铁丝编织而成，看得见一根根粗细不等的脉络。唯有裹在蓝条纹病号服里的双腿，仍旧是笔直的。由于宽大服装的遮掩，看不出瘦弱，仿佛一段美丽的桦木。

兰医生准备了满腔的怜悯，她预备看到一个被疾病折磨到濒死的妇人。劝慰和同情，像瀑布一样壅塞在她的齿间。

听得门响，卧床的女人吃力地转过身来，兰医生惊骇住了。

郁容秋像年画一般艳丽，面颊白里透红，双唇晶莹闪亮，翘起的睫毛像蝴蝶的触须一般轻盈颤动着……

哪里有这样美丽的垂危病人？！这尤物般的女人难道会死吗？兰医生立即想到这是郁容秋同医生做了手脚。这个女人，什么事情办不成呢？

她家住在兰医生楼下。也就是说，她的天花板就是兰医生家的地板，是近邻了。但兰医生从不跟郁容秋打招呼。一是大家搬到这楼里不久，并不熟悉。二是这女人的名声很坏，外号“大篷车”。

“大篷车”很妖媚，是那种眼睛能抛出绊马索的女人。兰医生上楼的时候，亲眼见过她领着陌生的男人在开门。楼道不宽，“大篷车”正从精致的乞丐包里往外掏钥匙，男人脸朝墙壁，身子侧向一旁，友好地给兰医生让路，也许是怕兰医生筐里支棱着的芹菜蹭脏了他笔挺的西服。

兰医生回到家，放下芹菜，洗净手上的泥，去收凉台上的衣服。她听到楼下窗帘环在窗帘轨上小心翼翼滚动的声音，才确信人们关于郁容秋放荡的传闻，绝非虚构。

郁容秋就是这么个女人，她丈夫似乎知道这一切。兰医生也在楼梯口遇到过她丈夫领回陌生的女人。但实在讲，那些女人都没有郁容秋漂亮。逢到这种事情，人们总要问清是谁开的头，以便多少能排出个道理来。但郁容秋家的这种局面，已经好多年了，没有人知道谁打的第一枪。因为她男人是外单位的，跟大家没关系，厂里的人就把仇恨集中在“大篷车”身上，不让自己家的孩子同郁容秋的女儿玩。这种防范绝对是有道理的。郁容秋的女儿不过十六七岁，打扮得像个少妇，也常有男孩子来找她了。

有人敲门。兰医生打开一看，几乎不敢认这位楼下的邻居。她卸去往日时髦的服装，穿一套土豆皮色工作服，蓬头散发，简直像是上门推销被套的外地灾民。但细细观看，裹在粗糙衣服内的胴体，依旧是光洁而明亮的。

“跟您借样东西。”她笑眯眯地说，一改平日的风骚模样。兰医生不合时宜地想到了一个词：从良。

“我能有什么东西值得你来借？”兰医生惊讶地问。眼前的这个女人虽不敢说有多少财富，但男人们供给她的日常用品，都是奢华而昂贵的。

“借鞋。”郁容秋跺跺小巧玲珑的脚，一双雪白的半高跟皮鞋，把地板跺得像一面铁皮鼓，“脚上没鞋穷半截，您不知道这句古话呀！”

“咱们俩的脚倒是差不多大。但我绝没有比你这双更好的鞋。”兰医生斩钉截铁地说。

“您有，肯定有。我想了半天，最后判定这东西只有您有。您先别把话说死。我要这东西也不是为了自己，全是为了厂里。”郁容秋很诚恳地说，生怕兰医生一下关了房门，便把白鹿蹄似的脚，横在门轴处。

兰医生糊涂了，不知自己朴朴素素的家里有双什么鞋被这女人看了去，并且如此铭刻在心。

“到底是什么鞋呢？”连她也好奇了。

“‘军臭’。我想借您的‘军臭’穿穿。”郁容秋回答。

“‘军臭’是个什么东西？”兰医生真糊涂了。郁容秋赶紧解释：“‘军臭’就是解放鞋。要不是兰医生当过兵，还真没处找这种古老的装备。”

“大篷车”装上“军臭”的轮子，那副尊容，叫人啼笑皆非。

“你为什么要这副打扮呢？”兰医生虽说对郁容秋平日的张扬不以为然，但看到一个漂亮女人钻到这样一套不伦不类的行头里面，好像红玫瑰一下变成了狗尾巴草，还不如当初妖娆着顺眼。

“我当了黄世仁了！”她兴奋地在兰医生家洁净的地板砖上走来走

去，崭新的解放鞋底留下一行“人”字形的橡胶花纹。

三角债是一个巨大的旋涡，把庞大的国营企业淹得两眼翻白。这件事细说起来复杂透顶，简而言之就是赖账。你欠我的，我欠你的，像瞎驴走在一圈没有尽头的磨道上。兰医生所在厂的厂长是一位干练的女强人，她最初不愿意欠人家的账，结果受害最深。账面上她有一大笔钱，但保险柜里空得能给耗子做窝。眼看连工资都发不出来，厂长组织了浩浩荡荡的讨债大军。机关干部全体出动，厂长财神爷似的供着他们。买来飞机票，带上土特产，最后厂长再亲笔签上一封言辞恳切情意浓浓的信笺，恳求对方把拖欠的钱还了。

没想到杨白劳如今比黄世仁横多了！欠账不还，成了天经地义的事。各路兵马落荒归来，只带回极少的现钱。全厂几千人的嘴巴要喂，机器不能停产啊！女厂长心急火燎，恨不能用钢钎把太阳穴打个洞，让脑浆凉快凉快，想出一个好办法。

人一到没主意的时候，就想起老祖宗的招数来了。“贴黄榜！”厂长说，“我就不信，我偌大一个厂子，就没个讨债的人才！咱们的干部，一个个养尊处优惯了，高贵得不行，哪里像是讨账的，像新女婿上门，羞羞答答，客客气气，还能要得回钱来啊？债主就得像个债主的样！卑贱者最聪明，我要不拘一格选人才。甭管你是谁，讨得回钱来就是好样的！”

黄榜贴出来了。底下的工人觉得这是个出头露脸的好机会，不必一天八小时站在机车旁边苦熬苦挣。当干部，出差给补助，还能山南海北地逛逛。就算是讨不回来钱，谅也不能怎么着，大不了还回来当工人呗！真有胆大妄为的撕了黄榜。女厂长的榜同旧时代的不同，不是揭走了就算完，而是随揭随贴，能人多多益善嘛！

过了几天，新贴出的黄榜就没人揭了。听说厂长对每个敢揭榜的人，都在百忙之中亲自面试。没有人能过得了这一关，厂长一挥手，你该回哪儿回哪儿，你该干什么就干什么去。有人问女厂长是如何面试的，这些落第之人都守口如瓶。

一时间，谁能加入讨债帮，成了一件大荣耀的事。

一个阳光明媚的早晨，“大篷车”郁容秋走到布告栏前，把黄榜扯了下来，团在手里，却又并不马上离开，用涂着蔻丹的指甲，细细地抠残留的黄纸屑。相当一段时间内路过大门口的人，都能看见她站在那里抠纸屑，不明底细的人还以为她又犯了作风问题被人抓住，罚在那里打扫卫生呢！

郁容秋从来没有这么近地观察过女厂长，她觉得自己在靠近一块冰，有一股端庄的威严，从这个女人身上逼射而出。

这是厂里的外宾接待室，最豪华的房子，女厂长把它当作了考场。郁容秋从来没进过这间屋子，满屋的金属光泽晃得她睁不开眼睛。虽是自己的厂子，却有到了外地的感觉。主要是因为空调使屋里像秋天一样凉爽。还有厂长没有穿惯常的工作服，而是一套质地高档的西装。

陌生的环境，陌生的人。女厂长正是刻意营造出这种气氛。店大欺客，你要是连我都不能说服，还想赤手空拳讨回钱来吗？

两个女人互相注视着。一个是这个厂的最高领导，一个是最普通的女工。

女厂长打量着郁容秋。她有许多工人，她不可能都记住他们。这个女人很漂亮。女厂长不喜欢漂亮的女人，她最优秀的女工程师和女车间主任，都不漂亮。她自己也不漂亮。漂亮几乎是女人事业上的大敌。但厂长很快纠正了自己的思维状态，这次要不拘一格地选人才。价值观念要整个颠倒过来，因为索债这件事本身就是颠倒了的乾坤。平日里选拔干部要重学历，这回厂长完全不计较这点，而且私下里认为学历越低越好。学校在教授人们知识的同时，也教授人们矜持与自尊，而这两条，恰是于索债极不相宜的。还有平日里要注重表现，这回厂长豁出去了，无论是谁，无论用何种办法，只要将钱讨回来就是英雄好汉。

女厂长讨论过郁容秋的处分问题，那是几年前的事情了。女厂长记住了这个名字，但她不认识这个人。她尽量使自己公正平和地说："现在，假设我为某大厂的厂长，而你是我们厂派出的清欠人员。金额为一百万。开始吧。"女厂长双手抱着肘，缩在巨大的皮圈椅内，好像一只肥硕而警觉的老猫。

郁容秋面对这个威风凛凛的女人，感觉自己像灰尘般的猥琐。美貌、机智、令男人神魂颠倒的手段，这些赖以支撑自己全部自尊的基石，都在顷刻间摇摇欲坠。她从前只在很远的地方看到过厂长，觉得她盛气凌人，不可一世。一大群男人簇拥着她，她颐指气使地吩咐他们，每一句话都是圣旨。在这样近的位置上观察厂长，她觉得厂长实在是一个姿色平庸的女人，斑白的头发，沉重的脑袋，皱纹像一把精致的折扇，铺满脸庞……

门无声无息地开了，像一股轻柔的夜风溜了进来，一位潇洒的小伙子挟着卷宗走到厂长面前，毕恭毕敬地放下，殷勤地打开到某一页……

郁容秋看惯了男人们的讨好的嘴脸，她不佩服男人，她觉得自己能征服他们。她佩服女人，尤其佩服不用她这种手段征服男人的女人。她呆呆地望着厂长，这是在她有限的生活圈子里，活得最高贵的女人。

郁容秋的椅子与女厂长的皮圈椅等高，若论身材，郁容秋还更挺拔些，这样她双眼的位置与厂长是在同一水平线，严格追究起来，郁容秋的眼珠还要比厂长的眼珠位置高上几毫米。但郁容秋额头低垂，眼睑半旗似的降着。眼光透过密集的睫毛，仿佛夕阳穿过笔直的白桦树林。眼波飘带似的荡过单人床一般宽大的写字台，从青瓷笔筒的边缘溅落下来，绕过包绕着厂长的那团威严空气，像只小蜜蜂盯在厂长胸前第二颗纽扣上面。那是一粒像纪念章一样沉重而古老的铜纽扣。

“这个扣子不好。要是我，会选一种黑色有大理石花纹的扣子。”

郁容秋很奇怪，这个屋子里难道还有第三个女人吗？她能看到自己大脑屏幕上闪现的字吗？要不怎么把自己心里想的话给说了出来？她可真够胆大的了！竟敢批评厂长！厂长是谁？厂长是郁容秋在这个世界上看到的最至高无上的女人。也许有许多女总统、女总理比厂长更荣耀更辉煌，但郁容秋没见过她们。电视里见过的不算。郁容秋在电视里还见过龙卷风和火山爆发呢，同她毫无关系。郁容秋知道全厂的人都崇拜厂长，出身于高级知识分子的家庭，受过高等教育，如今是这样一家重工业工厂的掌门人。做女人做到这个份儿上，多么气派呀！

那个不知天高地厚的女人，藏在何处？她就不怕女厂长恼羞成怒吗？

女厂长挺满意这个开头。她面试招聘催款员，完全是即席发挥。她被三角债搅得五内俱焚，急等着谁能把钱收回来。她是全厂几千人的当家人，像无米下锅的小媳妇，等着用这钱去还账、买原料、给大伙开工资、买过节发的肉鸡和活鲤鱼。

很多人见了咄咄逼人的女厂长就嗫嚅不语，女厂长挥手就把他们赶出了这间华丽的办公室。这个样子还想索账吗？催款员要先有一种从气势上压倒对方的勇气，而绝不能被对方所屈服。

这个女人居然从指责她的衣服开始，这挺好。从来没有人指责过厂长的穿着，这套西服还是她出国考察时定做的。

郁容秋静等了半天，没听到那个胆大妄为的女人再说第二句话，才猛然醒悟到自己在下意识中把心里话说了出来。她看一个女人，首先是挑剔她的衣服。作为拥有出众姿色的女人，她对别人的长相很宽容。长相是父母给的，就像出身一样，但衣服可是随自己选择。她挑剔过全厂所有女人的服饰，觉得她们都不会穿衣服，她因此充满了自信，觉得自己很有眼光。但她没敢挑剔过厂长，厂长不是平常意义上的女人。没想到，面试竟这样开始了。

“穷啊！厂里没钱。发不出工资。扣子是随便买的，你说的那种扣子很贵。”厂长随随便便地说。

“那种扣子并不贵……”郁容秋只说了半句，就噤了声。女厂长已经开始扮演一个赖账的角色了。

“我临到进贵厂大门之前，先跟厂里的工人聊了聊，知道您厂子里虽说困难，可并没有到揭不开锅的地步。您看，我这儿有您厂工人的工资条，计算机打的，正经不少呢！不瞒您说，我们厂可真到了山穷水尽的地步。发工资那天，没给大伙发钱，发了一张字条，说没钱，请大家勒紧皮带坚持几天，等借回钱来就发，先发工人，后发干部。大伙一看，也不好再说什么了。最苦的是那些退休工人，腿脚不利落，顶风冒雨地跑到厂里来领钱，年岁大了儿女们嫌弃，全靠这两个钱给自己撑腰呢！我说的就是上个月的事，天气预报不知您还记得不，我们那儿下大雪。发不下钱，老头、老太太这个骂哟，说厂里蒙骗他们，肯定是把工资存银行里赚利息了，又哭又闹。不怕您笑话，我家还真等着您厂里还了账，我厂里拿这钱发了工资，我拿这工资去买粮呢！我对孩子说，上回你过生日，你舅给你的那十块零花钱还在不？孩子说，在，我没乱花。我说你真是妈的好孩子，这钱先借妈用吧。妈说话算话，一定还。只要厂里有了钱，妈就还你的，妈不会赖你的账。大天白日的，妈哪能是那种人呢？”

郁容秋慢条斯理地娓娓道来，一副良家妇女的忠厚相，话语中却机锋四伏。

好！哀兵必胜。女厂长不禁心口夸赞。不过她也更为焦虑：这女人谈到厂内的情况，不是事实，起码目前还没到这种地步。但只要局势继续恶化下去，谁又能保证那种举债食粥的情形一定不会出现？

“今天你就是说出大天来，我也没钱。告诉你，要钱没有要命有一条！”女厂长恶狠狠地说。要她说出这些话来不容易。她是端庄而矜持的知识女性，纵是被逼急了，也不会这样发泄。但从那些灰溜溜回来的催款员嘴里，她听熟了这句泼皮语言。

郁容秋可不怵这个。女厂长咬牙切齿吐出来的话，在她听来那么亲切那么熟稔。她从小就是被这种语言腌出来的，明知厂长是在模仿别人，也顿觉亲热。

“我要您的命有什么用呢？自古以来，杀人偿命，欠债还钱，天经地义的事。真要赖着不还，咱就去打官司。您这个厂宣布破产，到时候来戴大盖帽的查封您的厂子和固定资产，拍卖产品，以资抵债。人死账不烂，这笔钱说到哪儿，您也是要还的！您这厂长当得挺滋润，为了这九牛一毛的事，何必咱们公堂上见！再说，我这回来，是立了军令状的。您的命金贵，我的命可是不值钱。您要是真敢赖账不还，我就敢写了帖子到处散，然后一根草绳吊死在你工厂大门框上！”

“别……别……”不论是作为现实中的还是假设中的厂长，女厂长都急忙摆动双手。

郁容秋轻快地笑了，厂长平日的威严都被这个动作抹去了，原来是个不禁吓唬的女人！看来，她没有跟泼人吵过架！

女厂长毕竟是厂长，她迅速调整了思路，正襟危坐说：“我纵是有还钱之心，也没有还钱之力。真是没钱。人人欠我，我欠人人。要不然我把欠我厂钱的厂家名单抄给你，你能要回多少，全带回去抵账。这下总行了吧？”这又是一把讨债员们无法对付的撒手锏，女厂长转赠给郁容秋。

“您甭跟我说这个，我是一家不烦二主。是您欠我的钱，不是别人欠我的钱，我跟旁人说不着。冤有头，债有主，讲的就是这个理。您可以广开门路，清仓挖掘，俗话说船破了有底，底破了有帮，快沉了还有三百大钉呢！瘦死的骆驼比马大！再不然，我替您出个主意，前两年不是各厂都买了许多国库券吗？您就把它折给我们算了。反正您留也留不住，还谁不是还呢？给了我，我们全厂念您的好，我个人更是感激不尽。利率该多少算多少，保证不让您吃了亏。您要是同意，咱们这就去取国库券吧！”郁容秋说着站起身，做出要走的样子。她虽平日里常同各色人等对垒，像今天这样滴水不漏地叫板，也着实费了精神。幸好临来之前多少看了会儿报纸，说起来才有板有眼。

“国库券没有了。您来晚了，昨天有人在你前头要账，已经给搜刮走了。”女厂长已开始佩服这个卑微的女工机敏的思维和伶俐的唇舌，但她还要逼她一下。外出索债，什么情况都可能遇到。

“一点都没剩？不能吧？犄角旮旯里总还能再找出点。”郁容秋也觉得自己这话根底不足，可她没想出应对之词，只好借反问以争取一点考虑时间。

“我堂堂一厂之长，怎么能骗你呢？”女厂长扮演的厂长果然愠怒了。

“我哪敢怀疑您呢！”郁容秋已经思谋出了对策，反正事情已无理可讲，拿出女人斗法的手段就是了，“那厂长就请您多原谅了。打今天起，我每日到您这办公室外候着拿钱。钱一天不到手，我是一天不会走的！”说完，脸上配合语气布出严霜一般的神色。

“这么着吧！你大老远地跑一趟也不容易，我们厂现有一万台照相机，就抵给你们吧！”并不是女厂长突发奇想，真有一个厂要拿这笔货物抵债，她一时还没想好怎么处置。

“一万台照相机？”郁容秋喃喃重复，望着厂长阴晴莫测的脸色，她真不知该如何对答。她突然想自己来遭这份洋罪干什么？厂里有钱发工资，自然有她一份。若是都开不出钱来，天塌下来有高个子顶，且轮不到她一个妇道人头上呢！况且有那么多男人同她好，他们绝不会看着她挨饿受穷的！饿死谁，也饿不死老娘！

她想站起身来扬长而去，走出这间充溢着冷气令人汗毛孔闭锁的陌生房间，回到她的车床前。她轻车熟路，手艺不错，干出来的活计像她的衣服一样清洁合体。

可她不能这么就走了，得给女厂长一个面子。女人都爱面子，她之所以想当讨债员，不就是想给自己挣一份面子吗！她把厂长这个问题回答了就走。

怎么答呢？去他的讨债员吧！郁容秋顾不得这些了，她只从一个持家的女人来琢磨这件事：“一万台照相机，合我们厂每人分四台？我们要那么多这玩意儿干什么使呢？能熬能煮还是能穿能盖？而且您保修吗？零配件全吗？您不能这么打发我！再退一万步讲，就是我不跟您为难，我一个小小的办事员哪里拍得了这么大的板？！您看这样好不好，您把照相机就地拍卖了，便宜点会有人买的，到时再把现钱给我。我呢，也同时给厂子里发报请示，能有现金实在是最好不过。万一卖不出钱来，厂里再定要不要相机的事……”

女厂长被折服了。不卑不亢、不温不火，真是滴水不漏、铁嘴钢牙啊！她站起身，两手撑着桌沿，用对一百个人讲话的声调说："郁容秋同志，从现在起，我正式聘任你为我厂清欠业务员！"说着伸出手来。

郁容秋吃惊地半张着嘴，任湿润的牙齿在清冷的空气中渐渐干燥……许久才伸出手去，仿佛试摸炉子烫不烫，小心翼翼地把半截手指送进厂长的掌心。

厂长很高大，她的手却是纤巧而绵软的。她吃惊这个身材窈窕的女人，手指却像手表发条一样坚韧而有弹性。她用力摇了摇。

郁容秋受宠若惊，她讨好地问："您扮的这个厂长是个男的还是女的？"

"男的或是女的，这有什么关系呢？是厂长，这一点就足够了。"女厂长不悦地说，她经常碰到这种性别上的歧视。对于来自男人的，她多少已习以为常；对于来自同性的，她更敏感而愤怒。

"当然很重要！"郁容秋对堂堂一厂之长对这个问题的忽视感到吃惊，她愿意为厂长弥补缺陷，"假如对方是女的，话谈到这里，就没有什么指望了，是空手而归还是押回一万台照相机，我只有等您的指示。假如是个男的，当然还有办法……"

"什么办法？"女厂长已约略猜到了，她眉毛下面的筋肉聚在了一起。但她毕竟是厂长，眉毛本身还停留在原来的位置，整个面容静如止水。厂长受过的高等教育和她良好的家教，使她不愿意以恶意去揣测别人，尽管那谜底已昭然若揭。于是就显出一种恶毒，彼此心领神会不行，她非要当事人把自己的心思明白无误地昭示在太阳底下。

郁容秋脸上有了悲壮的神色：“现在不是都时兴用兵法吗?三十六计里，可有美人计这一说。我既然敢揭了您的黄榜，就做了这个准备。为了厂子，为了大伙的利益，我也豁出去了。只是我有一个要求，倘若我把钱讨回来了……”

女厂长被这种卑贱和高尚混淆在一起的坦白打动了，她截断郁容秋的话：“我将给你以重奖，你还可以按比例提取数目可观的钱……”

“不！厂长！我不是指的这个。”郁容秋觉得自己也够胆大的，竟敢打断厂长的话，可她到这里来，不就是为了要说出这句话吗？！“厂长，我只是想与您有个约定……”

女厂长静静地注视着面前这个女人，她的要求和她的坦率，都令女厂长深深不解。女厂长懂几国外语，有高超的管理经验，可她不懂这个与她生理构造相同的女人。不懂就不懂吧，这个纷杂的世界上有多少令我们眩惑的事件！只要能维持工厂的正常运转，其他的又算得了什么！

“好！我答应你！”女厂长郑重地说。

“我天南海北地走，一定能为您买到那种有黑色大理石花纹的扣子。”郁容秋说这句话的时候，像一个调皮的少女。

女厂长正脱下西服换上工作服，要到车间里去巡视。

“就是上门讨债，也不必跟灾民似的呀！”兰医生对借到了“军臭”的郁容秋说。

“穿成这样才好要钱呢！人穷志短，马瘦毛长。我一钻到这套衣服里头，自个儿都开始可怜自个儿了。递个小话，装个傻耍个癫的，都觉得那么自然，现在我可懂了，为什么演员一穿上服装就进入角色，道理是一样的。干什么吆喝什么呗！”郁容秋兴致勃勃。像兰医生这种地位的女人，在厂里平日要属第一世界，根本不屑理睬郁容秋，今天这么友好，自然是因为郁容秋位置不一样了。

“人凭衣服马凭鞍。有些大厂门禁森严，你这副打扮，恐怕连大门也进不去。”兰医生依旧忧心忡忡。当医生的本来不关心生产，可三角债空前地普及了大家的忧患意识。

“您等着！”郁容秋穿着“军臭”，噔噔跑下楼，像士兵紧急集合时一般迅捷。

数分钟后，郁容秋回来了。浑身珠光宝气，像一位雍容华贵的夫人。没容得兰医生看分明，噔噔又跑下楼。这一次装扮成一位端庄清秀的女干部……兰医生一时间眼花缭乱，她家成了服装模特演出的舞台，楼下郁容秋家则是后台化妆间。

因为频繁地穿穿脱脱，郁容秋白缎子似的皮肤，沁出淡蓝色的网纹。兰医生给她披上一件军大衣。对这种讨债方式她无以评说，但人可不要冻感冒了。

郁容秋很感动。从来没有哪个女人这样关切过她："这件军大衣也借给我好吗？我第一站是去东北。"

兰医生点点头。

从此她很难在楼道里再碰见郁容秋了。那女人来去匆匆，好像一股裹着巴黎香水的旋风。郁容秋转战南北，几乎每战告捷。为厂里索回了大量欠资。从此，她出去清债，都是坐飞机。何时回北京，一个电报或是电话打回来，就有小卧车到机场去接，俨然成了一个功臣。郁容秋偶尔出现在厂里的时候，总是穿着最豪华、最时髦的服装，连兰医生都觉得借给她军用品，简直是上当受骗。大家背后议论，这个女人，过去是"大篷车"，现在成了"国际列车"了。发奖金的时候，有的人做鬼脸说，这是"大篷车"卖 × 挣回来的钱。大家哄堂大笑，然后该拿钱买什么就高高兴兴地去买。骂归骂，表面上对郁容秋客气多了。有头有脸的科长们，见了郁容秋也都点点头示意，毕竟她是厂长亲自发掘出来的能人，又给厂里索回可观的资金。经济滑轮抹了润滑油，别的都是小节了。

郁容秋从未有过这样的神采飞扬，走路的时候腰杆笔直，好像行进在硕大的席梦思床垫上，每一步都充满弹性。

兰医生以敏锐的职业眼光，觉察到郁容秋的苍老和消瘦。尽管施了很重的脂粉，仍旧像破旧门窗上的新漆，无法遮盖虫蛀剥脱的斑驳。

“最近怎么样？”兰医生问女邻居，她觉得她的气色越来越不佳了。

“账收得很有成效。”郁容秋忧郁地回答。她现在对所有以前伤害过她的人都趾高气扬，对一般人也爱搭不理，但对兰医生，始终十分尊重。

“账催完了，你就可以好好休息几天了。”兰医生说。

“我不喜欢账催完了，也不想好好休息。现在这样多好！”郁容秋说。

真是一个怪女人！原来她的忧郁，不是因为身体不佳，而是担心账快清完了。兰医生本不想再说话，但医生的直觉告诉她，面前这个盛装的女人，患了渗入膏肓的重症。

“要是觉得哪儿不舒服，早点看看。人不能太疲劳。当医生的，喜欢有点小病就大叫大嚷的病人，那样不耽误病情。”兰医生谆谆告诫。

“我就是头痛、恶心……全身没有力气。”郁容秋倚着楼梯栏杆说，全然不顾面粉似的尘土沾脏她华美的衣服。

“还有什么？当病人的没有什么不可以对医生说。”看到郁容秋欲言又止，兰医生循循善诱，“要是在这里说不方便，就到我家去吧！”兰医生以为郁容秋要说出什么怪症状来。

“其实，我根本就没病！”郁容秋猛地把身子撤离栏杆，把披肩发抖得像大风中的床单。

这女人，讳疾忌医，根本不值得可怜！兰医生在心里冷笑，疾病是最科学的一个妖怪。

果然，郁容秋在外地索债现场突然晕倒，那边怕出人命官司，立即给她买了机票，连同欠款，专人护送回来。兰医生奉旨到机场去接郁容秋，把她直接送到了医院。她几乎不认识这个风流的女人了，不但因为郁容秋容颜枯槁，更因为她的打扮：破烂不堪的衣服，脚下穿着“军臭”……

郁容秋被诊断为晚期肝硬化。

看到兰医生这么晚来看她，郁容秋说：“兰医生，您来了。”打着招呼，眼睛却还痴痴地往外张望，好像兰医生把什么人掩藏在门外。

“就我一个，先来看看你。怎么样，好些了吧？”兰医生看出郁容秋病势危笃，嘴上还是说着宽慰的话。

凑近了看，才发现红妆之下，郁容秋的肤色已十分黯淡，幽冷的死亡气息，像一种最持久的香精，盖过一切化妆品的气味，从这个鬼魅般的女人身上散发出来。

“病人是不应该化妆的。你描了眉，扑了粉，打了唇红，医生就不知你病得怎么样了。”兰医生温和地说。对一个就要永远离去的女人，什么事不可以原谅呢！

“医生知道不知道，其实已经没有用了。我自己知道就是了。”郁容秋平静地说。

兰医生想起她曾矢口否认自己有病，就说："要是早点医，会好得更快些。"

"我没有病。"郁容秋微笑着，露出雪白的牙。她全身已充满病态，唯有牙，还是美丽而洁净的。

病到死已临头，还这样固执！兰医生就是再想宽容她，也有几分愠怒。

"真的。这不是病，都是酒害的。我这几年跑外，您知道我喝了多少酒？我想一担担挑起来，能浇几亩好地了！我的肝就是叫这些酒给腌坏了。世上不是有醉枣吗？我的肝是醉肝。赶明儿火化我的时候，八宝山的烟筒里冒出的气都得是酒味……"郁容秋调整了一下枕头的高度，使自己侧卧得更舒适，用手轻轻捶击着自己的右肋，"我觉得我挺对不起我的肝。它跟了我这么多年，我原来都不知道肝在哪儿。想起来不知道肝在哪儿的日子，已经那么遥远了。所有不知道肝在哪儿的人，但愿你们永远别知道。我不能喝酒。有人说会喝酒的女人血管里有一种酶，能把喝下去的酒变成水，这边进那边走，喝多少也不醉。我不知道那种酶是个什么东西，可我知道我没有。我只要喝酒，就觉得那些藏着火苗的水，把我的胃烧得一块一块脱皮，就像尿碱沤了的墙灰，大片往下掉。我鼻孔里喘出的气，只要划一根火柴，就能呼呼冒烟，好像我是沼气炉子似的。酒顺着肠子进了肝，我能感到它们像四脚蛇似的在我肚子里爬。我买过猪肝，软软的，像是一顶红丝绒的帽子。我知道我的肝硬得像一块生锈的钢板。肝中间的每一个小孔都浸满了酒精，像冻豆腐的蜂窝里都结满了冰一样。我想，我死了以后，谁要是有兴趣敲敲我的肝，一定像用高跟鞋敲木鱼一样，又脆又响……”

兰医生椎骨发凉。她不怕死人，也见过濒死之人侃侃而谈。

当一个人要永远告别的时候，他所有的聪明才智，都会像蜡烛临熄灭前的最后一跳，爆发出凄艳的火花。但这个女人太清醒、太冷静了！她不知该怎样同她讲话，居高临下的劝慰或是设身处地的怜悯，都显得那样苍白。她嗫嚅着：“既然不喜欢喝酒，就不要喝嘛……”

“谁说我不喜欢酒？谁说的？”郁容秋涂着黑色眼影的眼帘，像海鸥翅膀一样扑扇着，显出肝脏病人特有的暴躁，仿佛要把那个说她不喜欢酒的造谣生事者从黑暗中揪出来。片刻之后，她又开心地笑了：“我可喜欢酒了。要是没有酒，天知道我的活儿可怎么干！男人们喜欢酒，他们是酒做的骨肉。我跟他们对着喝，酒场上的男人都不愿输在一个女人手里，可他们没有我这种决一死战的气概。他们醉了，我不醉。或者说我连说的醉话也是向他们要账。酒可是个好东西，它能叫人的嘴巴特别快，根本不听大脑指挥。您是研究医学的，您可以查查是不是酒能在神经上钻成洞，让人的思维乱窜？我口袋里有台录音机，我把他们酒桌上说的话都录下来，等他们酒醒了放给他们听。他们比听世界名曲还专心致志。听完了，什么也不说，立马就地还钱，然后就赶我走……”

兰医生真没想到自个儿每月发的奖金，竟散发着腥烈的酒气，像一篓子醉蟹。她搓着手说：“唉……真没想到……”

几乎没有人来看郁容秋。她的丈夫不知和什么女人寻欢去了，女儿也早已有了自己的幸福。厂里的有关业务部门来看过郁容秋，进了门，屁股连椅子也不沾，好像病毒会透过厚厚的衣裤，像蚊子似的叮进他们肉里。郁容秋每天都用仅存的气力，把自己化妆得很美丽，端庄地等待着……今天总算来了一个人，她怎么能控制自己谈话的欲望呢！

“当然也有不近烟酒，花岗岩一块的。这样更好办了。我就打扮得花枝招展到他家去。他当然躲着不见。这正中我意，我对他夫人说，你丈夫欠了我的钱，从此后我天天来，什么时候还了什么时候算。这一招，简直灵验极了。当天晚上他们家里就不会安宁。我不知道枕头风在别的事情上有多大效力，这桩事上可是马到成功。其实，外地小市的土厂长，我哪能看到眼里去，不过是吓他们一跳，看着好玩就是了，谁跟他们当真……”郁容秋咯咯笑起来。声音可是无法化妆的，干瘪粗散，像是从啄木鸟凿空的树洞里发出来的。

戴着瓦片帽的护士小姐走进来，她不去谴责嘎嘎怪笑的郁容秋，反倒向兰医生竖起了手指：“请安静！”兰医生明白，这种对危重病人的迁就，也是死亡确已逼近的征兆。她顺势说：“你好好休养，我改天再来看你。”心里说，要赶快向厂长报告，郁容秋的日子不多了。

郁容秋恋恋不舍地欠了欠身，算是送行。突然她说：“等一等，我有样东西要给你。”然后吃力地从床头柜里拽出一双鞋。

是“军臭”。刷得很洁净，像一条背面是绿色、腹部是黑色的干鱼。“医院里找不到鞋刷，我是用手指头捅着刷的。可能不干净，请多包涵。”

兰医生接过鞋，黑色胶底的花纹已经基本磨平了，可见这女人在外地时是经常穿着它的。“我留着也没用，你以后穿吧。”兰医生又往回送。

郁容秋嶙峋的手腕拦住她：“我大概没有机会再穿这鞋了。”

“别说这话！你能好！能好！”兰医生诚心诚意地说。

“病在谁身上，谁自己知道。”郁容秋凄然一笑。也许是觉得气氛太伤感了，她转了话题：“其实，就是我的病真好了，这活儿我也干不长了。”

“为什么呢？这活儿全厂再没有比你干得更好的了。”兰医生说的是真心话。无论对郁容秋怀有多少成见的人，也得承认这是一个事实。

“是啊！从前骂我是破鞋的人，现在乖乖地冲我笑。以前有不少男人跟我好过，可他们当着人从不理我，好像我身上刷了一层永远不干的油漆，谁沾上就像斑马似的，走到哪儿都会被人辨认出来。为了他们的这份怯懦，单独相处的时候我加倍惩罚他们。他们不愠不恼，我都搞不清谁是真正的能人了。有时候，看着昨天还在我胯下受辱的男人，今天变得冠冕堂皇，当着众人讲大道理，大家还挺服气他。我就想，我征服了这个男人，也就征服了所有佩服他的人。兰医生，您别笑我，我是个普通人家的女儿，偏巧又生得心比天高。我想做个出类拔萃的女人，可我没有这个机会。没想到清理三角债给了我一个扬眉吐气的好机会。我从来没有这么舒心过，从来没有这么被人尊重过。别说喝的是酒，就算喝的是毒药，我也眼睛不眨地咽下去。甭管我在不认识的人那儿受了多大委屈，可一回到我认识的人堆里，我心里甭提有多快活。这回不是靠哪个男人抬举，这是我自个儿挣回来的面子。所以，我巴不得老这么乱，你欠我的，我欠你的，永远也理不出个头绪，我就可以一辈子在天上飞来飞去地清欠，病了住进这带空调铺地毯的高干病房……还是九级……九级啊！我们家祖祖辈辈连见都没见过这种州官府官级的干部……”郁容秋的声音低落下去，好像是梦呓般地模糊起来。兰医生知道垂危病人往往有这种情况，时而神采飞扬，时而委顿如泥，情绪像潮汐陡升陡降。她蹑手蹑脚地退到门口，打算通知护士前来照看，然后自己赶快离开，后事还且要张罗呢。

“兰医生，托您给我带个话。”郁容秋突然扶着床沿睁开眼，声音清朗得如同婴儿的第一声啼哭。

“行，行。带给谁？”兰医生忙不迭地答应，心想这一定是同她相好的一个男人。兰医生是标准的贤妻良母，但听了郁容秋这一番披肝沥胆的剖白，她决定哪怕是违背常理，也一定把这可怜女人的口信带到。

“带给厂长。”郁容秋说。

“哪个厂的厂长？”兰医生掏出随身带的纸笔，预备记。这女人四处周游，定然认识很多厂长。

“就是咱们厂的厂长啊！”郁容秋反倒对兰医生的一本正经惊讶起来。

“什么话，你说吧。”兰医生松了一口气，她回去的第一件事，就是要向女厂长汇报郁容秋的病况。

“我同厂长有个约定。”郁容秋神秘地说。

“什么约定？”

“您回去同厂长说，我跟她有个约定，她就一定记起来了……”郁容秋又像雪人似的委顿下去，充满不愿被人打扰的疲倦。她的头枕在蓬松的鸭绒枕垫上，只压出一个极浅的坑，好像头是一只空水罐。罐子将最后一滴水都倒了出来，就异乎寻常地安静下去，等着岁月的风沙将它掩埋。

“你放心，我一定带到。好好休息，会好起来的。”兰医生说。

“您说，我真的会好起来吗？”不知从哪儿来的力量，郁容秋突然用两手环住兰医生的手腕，兰医生有一种被铸住的感觉。

都病成这种样子了，怎么还存这种不合实际的幻想！刚才不是挺明白的吗，怎么眨眼间又糊涂了？不过，兰医生什么都见过，她小心翼翼地把手退出来，然后毫不踌躇地撒谎："一定能好！"

"郁容秋真的没有康复的希望了？"女厂长问。在自己家里，厂长卸去了西服和工厂服，只穿一件华丽的精纺羊毛衫，像一位尊贵的夫人。

"是的。不但没有康复的希望，而且依我多年医务工作的经验，她的时间也只有这几天了。"兰医生拘谨地说。她虽然常给厂长看病，但这一刻是汇报工作，厂长不是病人。

"你是说她一定要死了？"厂长逼问了一句。

"是这样。"当医生的并不避讳死这个字眼，也许是刚从郁容秋那儿回来，谈到一个目前还活着的女人的死期，毕竟令人不安。

"如果她会活下去，我以后会看她。她给厂子立下了汗马功劳，她在厂子经济形势最恶劣的困境之中，给了我们莫大的帮助。假如没有郁容秋的努力，我们不会这么快地从困厄之中走出，我们会永远记住她的功绩的……"女厂长竖着茶杯盖，轻轻拨动茶面上浮动的梗叶，缓缓地像念一段讣告。

兰医生预感到了某种不祥的气息。

"现在，她要死了，我看，我就不必去了，叫有关部门安排一下后事即可。我很忙，我有许多事。全厂几千工人，我不可能每一个人离世的时候，都在他身边守着……"女厂长很响亮地把茶杯盖扣上了。

“可是，郁容秋不是一般的工人啊……”兰医生说。

“是啊，她不是一般的工人。她不如一般的工人，她受过处分，名声很坏……”女厂长平视着兰医生，她不明白这个平日很聪慧的知识分子怎么这样不开窍！

“可是郁容秋她说与您有个约定！”

“郁容秋说的？她告诉你了？她至死都不忘这件事吗？”女厂长显然紧张起来，她焦躁地站起身，在地毯上走出很急的步伐。

兰医生没想到厂长的反应如此剧烈。那究竟是怎样一个女人与女人的约定呢？

“厂长，我只是想与您有个约定。不是钱。我的丈夫对我不好。我的女儿没有钱已经这样轻浮，有了钱，更不知会怎样，我不要钱。我只是希望，假如我能出色地完成规定的清欠指标，我想让您给我鞠一个躬……您是不是觉得我太狂妄了？不，您是我最敬佩的女性。您不仰仗任何男人，凭着自己的本事，堂堂正正地立在这个世界上，所有的男人和女人都尊重您。我一辈子也做不到像您那样，可我渴望也光荣一次，也像模像样地立在人前头一次。厂长，别笑话我这个想法冒昧，我愿意一千次一万次地给您鞠躬，只求倘若我是个合格的催款员，您能代表全厂，给我鞠一个躬……”在那间充满冷气的房间里，郁容秋脸庞上淌过透明的汁液，仿佛粉脸上覆盖了一片水色的香叶。

这真是一个奇怪的先决条件。尽管突兀，女厂长还是感到惬意。

"我的腰弯一弯就那么值钱吗?"她戏谑地说。

"我说过了不是为了钱。"漂亮女人低下头，口气却毫不退让。

"好，我答应你!"女厂长郑重地说。鞠个躬算什么呢?这在国际上是普通的礼仪。你可以故作清高不谈钱，但一厂之长必须谈钱，钱已经像厂长自身的血脉一样宝贵。况且，这个女人能否搞到钱来，还是一个不明底细的神话。女厂长巴不得能早点给这个女人鞠躬，那证明严冬即将过去，春天就要到了。为了工厂，她已经付出了全部心血，再加上脊柱倾斜一下角度，算得了什么牺牲!

今天的厂长望着那天的厂长，觉得她很愚蠢。她没有想到起用这样的女人，在全厂掀起轩然大波，人们普遍认为厂长已经山穷水尽、穷途末路。女厂长坚决顶住了这一点，就像洪峰到来的时刻要不断加高堤防，她苦口婆心地开导大家:不论人怎样，钱总是干净的。厂里的种种传闻她都知道，她不止一次庆幸自己是女人。假如是男厂长，重用这样的女人，会被人们舌头编织而成的绳索，活活勒死。她以自己卓越女企业家的人格，在为一个下贱的女人做名誉上的担保。这种牺牲和这种代价，只有在其位的人才能体验到。

"郁容秋没有说她同您约定了什么。只是说让我带话给您，说您一定记得的。"兰医生小心翼翼地说。

"是的，我记得。"女厂长决定对女医生敞开心扉。一个工厂就像一座海岛，厂长像个孤独的渔夫。

“她要我向她鞠个躬。”女厂长已经平静下来。

好个独出心裁的女人！兰医生在吃惊的同时，也佩服郁容秋的匪夷所思。

“我不鞠！”厂长斩钉截铁地宣布，“作为女人，我很可怜很同情这个女工，不管是什么原因造成她的命运，她的一生是不幸的。假如我是普通人，我完全可以鞠这个躬，作为生者对即将逝去的人的安慰，我还可以做得更周到一些。但是，我身不由己，因为我是厂长！厂长向这样一个卑贱的女人屈膝，会成为厂内经久不息的新闻。在可以预见的不久的将来，它甚至会演绎成骇人听闻的传说。”

兰医生点点头。厂长绝非多虑，工厂的休息室像远古时先民们居住的洞穴，可以诞生最神奇的想象。

“实在讲，像郁容秋这种人的崛起，是由于不正常的经济形势造成的，就好比饥不择食一样。现在，作为一个历史阶段，它已经从我们面前翻过去了。她就要死了，我却还活着，还要给几千人当家。好比一个家里的爷爷，给一个不肖子孙鞠躬，你说我以后还能否有权威？”

兰医生不语。

“所以，请对郁容秋讲，并非我一厂之长食言，实在是官身不由人。假如她为了这个厂子，已经付出了重大的代价，那么，请求她再做最后一次牺牲，她想借我这一躬以提高自己做人的价值，我却不能鞠这一躬，要保持作为厂长的价值。作为一个女人，我失信于她，她可以在九泉之下怨恨我。作为一个厂长，我别无选择。”

夜，静寂得如同一片无边的桑叶，无数不知名的声音，蚕似的噬着它，留下大大小小朦胧的空洞。

兰医生的思绪像秋千一样徘徊在两个女人之间，她觉得环境太能左右人的意志了。在充满华贵和死亡气息的干部病房里，她义无反顾地同情郁容秋。她想：女人能够干的事业，除了从医之外，实在是很有限的……

“兰医生……您给我带话……带到了吗？”郁容秋终于没有气力化妆了，像一片剪纸，平展展地架在白色的被子下。各色抢救胶管，像一把怪异的伞，笼罩着她。

“带到了……带到了……”兰医生忙不迭地说。

“那她……怎么还……还不来啊？”郁容秋像一个等妈妈回家的小女孩，怯怯地问。

“她忙。她可忙了。咱们都不知道她有多忙，她可是真忙啊……”兰医生语无伦次但非常坚决地说。

郁容秋闭了一下眼睛，再睁开的时候，像拧去盖子的墨水瓶，漾着幽蓝的光。

“兰医生，您知道我这一辈子什么事干得最漂亮吗？”

“不……不知道。”兰医生夸张地摇头。只要郁容秋不谈厂长，什么话题她都乐于奉陪。

“就是讨账了。”

兰医生点点头。这一次，没有夸张。

郁容秋又闭起眼睛。兰医生以为她就此疲倦地昏睡，觉得很好，没想到她又像打开一本沉重的字典一样，翻开眼皮，刚才是在积蓄力量。

“所以，我一眼就能看出谁想赖账了。厂长觉着我没用了。她放不下面子。她想赖了同我的约定。对不对？兰医生，您甭骗我，我什么都知道。厂长赖了我这笔债，我就要死了，我没地儿去讨了……兰医生，您跟我说实话，我说得不错吧？”郁容秋的双眼，像极地生满了苔藓的荒原，在一片惨白的背景下，暗淡而执著。

“不不，绝对不是这样！你想到哪里去了！厂长说她一有空第一件事就是到医院里来看你，她说你给厂里立了大功。你不能这么不相信人！你要是这样，连我都信不着，我这就走！”兰医生佯装发怒。一般人都不敢对病人发火，但兰医生敢。只有这样，病人才能相信谎言，而谎言是对病人的最高仁慈。

郁容秋果然慌了。“我信。我信。兰医生，别生我的气。我纵是信不过厂长，也不能信不过您。只是我这一辈子，被人骗的次数太多了，我也骗过人……我知道您不会骗我，厂长也不会的，不过是我一天自个儿待着没事，瞎想得太多了……”郁容秋没有闭上眼帘，兰医生却看不到她的眼神。这其中隔着水幕，像汽车大灯般厚的玻璃罩，把郁容秋的瞳仁放大得如同枯井……

兰医生再也不想多待一分钟，否则对自己对别人都是煎熬。刚想溜走，听到郁容秋对着空洞的天花板说：“我等着您……”

兰医生在其后的几天内，坚决不去医院。她怕自己抵不住那充满死亡智慧的诘问，反倒更添人痛苦。但她终于忍不住了，跑到医院。她想郁容秋是个聪明的女人，隔了这么长的空白，她该不会再追问什么了。

兰医生猜得真对，郁容秋真的不再追问那件事了。

“这是你们的高干女病人最后一直握在手里的东西。”戴瓦片帽的护士小姐平摊开手。

三枚像围棋子一样润泽的扣子，有着黑色大理石样的纹路。

天衣无缝

邹安回娘家吃晚饭，一推房门，异香扑鼻而来。

“妈妈，是什么这么香啊？”邹安已为人妇，而且是见过世面的白领小姐，但一回到家里，就立即在感觉中将自己缩小，十分自然地幼稚起来。

“你尝尝看。”妈妈把汤钵的盖子掀开。虽说家里通常是聚餐，而且讲究的是让父亲动第一筷子，但妈妈常常提前从锅里拣出精华的部分，以饲她最疼爱的女儿。

满满一钵肉。邹安嚼了一块，好吃极了。她从小就爱吃肉，妈总说她不是猴子变的，是老虎变的。

“到底是什么肉呢？像是鸡，又不是。”邹安摆弄着那块精致的小骨头。

“是雪兔肉。别人送的。听说这种兔子是吃雪长大的，消灾祛病益寿延年。只是肉太少，我把它和鸡炖在一起了。”妈妈热心传布关于动物的神话。

吃饭的时候，邹安很仔细地避开鸡肉，专挑雪兔肉吃。雪兔比母鸡更容易吸收酱油，显出琥珀样的红光。

雪兔一定还有别的药用价值。邹安回到自家的小巢时，已经很晚了，还是推醒丈夫做爱。

以后的日子很平和。他们结婚的时间不长，没有特别地想要孩子，也没有特别地不想要孩子。虽然年轻，却很推崇古典的顺其自然。这年头，顺其自然是一种时髦。过去是境遇不好的人喜说这话，借以自勉自娱。现在却是混得光彩的人如此说。

邹安怀孕了，她一点都不惊奇，用医院的阳性化验单通知了丈夫。她历来鄙夷电影电视里的镜头：到了妻子缝制小孩衣服的时候，丈夫才恍然大悟。

她交化验单时的神情，镇定得如同递一张电影票。

丈夫很仔细地看了单子，然后说：“好事啊。不过你要多受苦了。”

“没什么。对女人来讲，这是很正常很自然的事。”邹安平静地说。觉得自己是一只精美的空箱子，该装一些宝贵的东西在里面了。

“我们的孩子该集合我们俩的优点，比如我的眼睛、你的嘴唇……你的嘴唇最好看，像红沙漠上平缓起伏的沙丘……你知道吗？”

夜里，丈夫这样说。

邹安笑了，说："关于嘴唇的话，你说过一千遍了。关于优点的话，所有的孕妇家里都进行过这种讨论。集合优点，要服从概率。咱们俩的基因，就像一副打乱了的扑克牌，怎么能保证抓到手的都是一色红桃呢？"

丈夫说："就算不都是红桃，咱们俩这样能干，孩子也该集中了大小王和几个尖儿吧？"

邹安就把这话学给公司里的同事听。大家表面上不说什么，暗地憋着劲，等着看美丽的邹安生个什么样的宁馨儿出来。

日子渐渐沉重，邹安像注满了水的茶壶，臃肿不堪。在最后一次产前检查的时候，她听到一个膨着袋鼠样肚子的孕妇对另一个小肚子的孕妇说："你吃了兔肉没有？"

小肚子说："没有。谁敢吃那东西？吃了孩子三瓣嘴。"

袋鼠说："这是迷信呢。不过，还是躲着点好。我是中国的外国的迷信都信。"

邹安突然想到了雪兔，心里打了一个寒战。但她很快对自己说，这都是没有文化的人的无稽之谈。她不断重复着：雪兔不是兔。

她知道孕妇在临产前都有一种对怪胎的恐惧。但自己这样青春健康，没有受过核辐射和病毒感染，整个孕期几乎连一片药都没吃过，孩子怎么会有毛病呢！

邹安躺在产床上的时候，非常宁静。她甚至为这种宁静感到羞涩。所有的病人都在鬼哭狼嚎，产房是一座放肆的演奏生命摇滚的大厅。邹安在这里显得格格不入，只有生过许多孩子的老妇才这样无动于衷。孩子顺产。婴儿头一接触到冰冷的空气，没有丝毫的停顿，就像猎豹一样凶猛地啼叫起来。邹安知道那不是哭，哭是人类悲痛的表示，一个刚降生的孩子，快乐还来不及呢，他是在以哭为乐。

助产士摆弄着孩子。邹安抑制着疲倦，仄着身子看了一眼。婴儿的头拢在助产士手掌中，长相没看清，只见到那是一个男孩。

助产士把孩子对着医生说："怎么办？"

医生说："她的丈夫在吗？"

助产士说："不在。"

医生说："其他的亲人呢？"

"也不在。"助产士回答。

医生说："那就只有同本人谈了。她的情况好吗？"

助产士说："还好。各方面都很正常。"

医生说："那好吧。我来谈这件事。"

邹安很清楚，听到了所有的对话，不知道这同自己有什么关系。她躺在产床上，像一头悠闲的白鲸，等着人们把她的产品呈上来，让她过目。

助产士小心地托着孩子走过来，好像那是一柄重剑。

医生接过来，因为新生儿柔若无骨，便用前臂垫着他的脊椎骨，让孩子的屁股坐在自己的肘中。这样婴儿就站起来了，突兀地矗立在邹安眼前。

丈夫本来是要陪着邹安的，但她把他轰走了。“你忙你的。生孩子是我自己的事，不喜欢旁人参观或是多手多脚。”她这样说，也不让妈妈操心。

医生举着浮雕般的孩子说：“一个男孩。我们大致检查了一下，其他还好，但是个兔唇，抱给你看看……”

医生还没说完话，那小小的婴儿打了一个哈欠。他的小唇的确很像邹安，轮廓轻柔，但唇中央像峡谷一般地开裂了，暴露出粉红色的小膛和黑洞洞的咽部。

邹安立即被旋转的粉红色和黑色湮没……

当她醒来的时候，听见丈夫愤怒地对医生说：“你们怎么能这样残忍？她刚生完孩子，身体虚弱，你们却要把这么刺激的消息告诉她，还一定要她亲眼看……”

医生很温和地说：“按照保护性医疗制度，我们不应该给产妇这样的恶性刺激，但是医院常常为这种事吃官司，我们只好当场验明正身。不然出了产房，有人就不认账，说我们是狸猫换太子。我们有我们的苦衷，没想到她的反应这么强烈。其实兔唇是最轻微的畸形，可以修补得天衣无缝。”

邹安始终没有睁眼。不知道睁开眼之后说什么。她只记住了一句话：天衣无缝。

邹安带着孩子出院之后，没等同事们来看她，就立即迁往丈夫的家乡——一个小城坐月子。同事们谁也不知道兔唇的事，都说："你看，邹安的运气多好，有婆婆侍候。六个月产假后，就带着白白胖胖的大儿子回来了。到那时，我们去给她贺喜。还要吃红皮鸡蛋。"其实很多人现在已经不吃鸡蛋了，嫌胆固醇高。但大家都愿意助兴。

邹安生了孩子五个月之后，悄悄地潜回娘家。妈妈看了吓一跳，说："你怎么这么瘦？哪里像个月婆子的样？是不是婆婆待你不好？让妈好好给你补一补。"

邹安苦笑着说："婆婆倒是挺好的，是我自己吃不下。"

妈妈说："她没有嫌你生了个兔子嘴的孩子吧？要是说了，你就说我们这边从来没有这个根的，一定是他们家遗传。"

邹安说："婆婆没说什么。还一个劲地劝我不要放在心上，说乡下这样的孩子多得很，只要脑子聪明，是一样的。还说，越是这样的孩子，越是要对他好一点。"

妈妈说："嗯，亲家母还挺明事理。"又说："既然是这样好，那你还愁什么呢？"

邹安不由得哭了，说："愁孩子啊。在乡下当然是好养活的，可我们是在城里。这个孩子长大了，会多么自卑！现在宾馆里招一个看大门的，都要标致得像罗密欧。我生出的是一个废品，别人不说什么，我心里也永远不能原谅自己。”

妈妈说：“那可怎么办？又不能再生一个！”

邹安不说话了。在那些忧郁的夜晚，她不止一次想过，这个孩子要是死了就好了。锋利的念头一闪，她就立即开始掐自己，拧自己，凶猛地惩罚自己。在常人看不到的隐秘处，她把自己虐待得瘀血斑斑。这样做了以后，她的心境就会有几天的平静。但那个残酷的念头也因受到了应有的处罚，变得堂而皇之，愈加频繁地冒起来。邹安恨透了自己的杀机，但没有办法。她是一个很理智而且要强的女孩，从小就事事争第一。没想到在这样一件最蠢的女人都能干好的事情上，自己失败得如此凄惨。这是一道做错了的题，没有橡皮，不许你修改。

她急急地赶回家，是想从这种疯狂的想象中解脱出来。市里有很好的整容医院，她要赶快把孩子修补得天衣无缝，让一切恢复正常。

邹安依旧保持着很好的身段，因为她不给孩子喂奶。在分娩以前，邹安是力主母乳喂养的。她对丈夫说：“哪怕我的体形变成了一个拿破仑酒桶，也要用自己的乳汁哺育我们的婴儿。我不能让他喝牛奶，要知道牛奶是喂牛的，而我们是人！”

丈夫吻着她说：“你真是一个英雄母亲。”

丈夫现在到国外去了，一切的担子都落到邹安一人身上。

邹安没能给孩子喂成奶的原因，不是邹安。兔唇的孩子根本就无法吮吸母亲的乳汁。他们的嘴是一个破烂的漏斗。面对粮仓，饿得啼哭不止。

产后淤积的乳汁像两颗手雷，紧绷绷地坠在邹安的前胸，使她行走时有一种扑倒的感觉。她为儿子沏好了进口的奶粉，但这个畸形的孩子仍无法进食。牛奶在嘴里四溢，泡沫溢满了脸颊。偶尔流进咽喉的乳汁引起剧烈的呛咳，小小的孩子憋得像要爆炸的栗子。

邹安把孩子往床上一丢，好像小时扔一个破布娃娃。这样的孩子有什么用呢？他的存在，不但是父母的耻辱，更是自身的苦难啊！

猛烈的震荡救了豁豁嘴的孩子，呛进气管的乳汁弹了出来，呼吸欢畅了，饥饿的哭声十分响亮。

婆婆忍不住了，说："你抱抱他。"媳妇是从大地方来的，自有一套养孩子的理论，乡下的老太太原不敢多嘴的。但孙儿的哭声使她勇敢起来。

邹安只好抱起孩子。婴儿的哭声由于身体位置的变换，暂停了一下。但根本问题没解决，他继续用所有的力量向世界表达不休的愤懑。

"你一个当娘的，不能老叫孩子这样哭啊！"奶奶实在听不下去了，顾不得城里媳妇的面子，摆出婆婆的威严。

"可是这能怪我吗？他的嘴根本就不是人嘴，是兔子嘴。我总不能喂他青草吧！"邹安也哭起来了。

婆婆这才明白，虽然世界上的人已经能把自己送到月亮上当嫦娥，可并没有发明出给豁豁嘴的孩子专用的吃食。还得用乡下的老法子，把面糊糊一勺勺地填进小婴儿的嗓子眼，才能既喂饱他，又呛不着他……

姥姥看邹安给孩子喂奶糊，笨手笨脚的，就说："孩子挺胖的，要是不看脸，根本就不知道有毛病。你带得不错，怎么干起活儿来这么不在行？"

邹安手忙脚乱地说："在那儿，都是他奶奶给喂的。我不能看见这张有残疾的脸。看着看着，只觉得自己的嘴唇也豁开了。毕竟他和我太像了。"

姥姥就叹了一口气，接过小勺说："我来吧。"

面糊糊里搀了雀巢奶粉，挺香。

邹安抱着孩子进了整容医院。

"医生，求求您，请给我的孩子做手术吧！"她对外科医生说。

医生看了一眼，仅一眼，他就什么都明白了。有经验的医生就像屠宰商人，张口就能说出杀了一头猪，可出多少净肉。

孩子包在名贵的襁褓之中，脸上覆着淡金色的绒毛，像一颗新鲜的芒果。感觉到有人在注视他，婴儿微笑了。这就把他的缺陷暴露在光天化日之下了。

"我们这里做这个手术是有把握的。只是，他多大了？"医生迅速登记着。

“五个月零三天。”邹安说。她记得很清楚，这就是她在痛苦中煎熬的时间。

“哦，真对不起。我们现在没法收他住院手术。”医生遗憾地放下了蘸水钢笔。

“是不是……”邹安想起了有关医生红包的种种传闻。但是她不知道怎么说才合适。歇了五个月的产假，仿佛进了空难的黑匣子，外界的事一概隔膜了。

“我们还是比较宽裕的，为了这个孩子，只要能治好他的嘴，我们很愿意谢谢医生……”她笨拙地说着，脸上绷得像涂满了面膜，心中充溢怨恨。都是怀中的这个丑陋婴儿，使她从高贵的地位跌下来，低三下四地求人！

“不不。你想到哪里去了？我的意思是这个孩子太小了。按照我们的经验，要在孩子十八个月以后，成功的把握才比较大……”医生解释。

“但是，我看了有关的书，上面说国外现在已经把这个界限提到了六个月。”邹安试探地说。她耍了一个小小的花招，那书上说的是一岁，邹安把它萎缩了一半。她看了那本资料的出版时间，已经过时了。她想科学在日新月异地发展，这样一个小小的修补术，对于已经能嫁接基因的医学来说，该是易如反掌的事。

秃顶的医生什么也没说。也许他识破了邹安的谎言，可是他还是点了头。“从理论上说，手术是越早越好，有利于恢复得像正常孩子。但是，太早了，孩子太小，手术的麻醉风险太大。”过了一会儿，他补充道。

邹安误会了医生的话。假如他说的是“危险太大”，她就会慎重地考虑。但医生说的是“风险”，邹安就以为是指医务上的麻烦多。她就使劲说服医生，为她的小婴儿开一个绿灯。

“我相信您。我们会让孩子一辈子记着您，感谢您的。是您让他成为一个正常的孩子的。真的，我希望越早越好，现在邻居和别的人，都不知道他是一个兔唇，修好了，就永远不会有人知道这个秘密了。不然，就是补得天衣无缝，人们还会指着他的后背说，他以前是个豁豁嘴……”她把医生当成自家的亲人，充满祈望地说。

医生频频地点头，说：“既然你这样强烈地要求，我们可以一试。有许多很小的婴儿，做过比这更复杂的手术，国外甚至还有给胎儿做心脏手术的先例。不过，因为于常规不符，所以你得写一份书面的文字材料，说明这是你的要求。万一出了什么意外，与医院无关。当然，你要是不愿意，就此作罢。”

这其实是邹安挽回孩子生命的最后一次机会。但人们常为医生的坦诚所迷惑，以为他既预料到了事物的最坏情况，必是有了相应的准备，后果自然也就不会那样悲惨了。人们总以为医生在吓唬人，医生也乐意人们这样以为。我们就可以有恃无恐地干许多事了。

邹安签了手术委托书，她的签名很潇洒。医生说："你的字很漂亮。"

多么微不足道的一句话！从小到大，有许多人夸过邹安的字，邹安已经对这方面的夸奖无动于衷，但是医生的随口的话仍是叫她好欢喜，觉得这是一个好兆头。医生既然注意到了她的字，就证明注意到了她对医生的信任。医生会对她的儿子格外认真的。

"孩子除了先天性唇裂以外，其余非常正常。"医生满意地说。这是一块结实的石头，在上面是可以雕出好花样的。

"是啊。他是个非常健壮的男孩。"邹安骄傲地说。她从未能为自己的孩子骄傲过，这一次，在这个外科医生面前，她知道了做一个完美孩子的母亲是多么惬意！

"如果你最后决定了，就把孩子留在我们这儿。"医生说。

"为什么？"邹安没想到她抱着孩子来，却要空手回去。做手术也像修电视机一样，需要放下东西回家静等吗？

"假如决定手术，就由我们的护士负责喂养，以建立感情。你想，在手术恢复的过程中，孩子是不能哭的。一哭，缝好的嘴唇就裂开了。假如直到手术前孩子才离开妈妈，手术后都是陌生人，孩子怎么能不哭呢？假如是大一点的孩子，还可以做思想政治工作，或者干脆吓唬他们。但对这么小的婴儿，只有让他暂且忘记你的脸，记住护士的面孔……"医生娓娓解释着。在医生的逻辑面前，你往往有一种被催眠的感觉，说不出反驳的话。

邹安就两手空空地回家了。

邹安原原本本向妈妈学了医生的话。妈沉吟了半天说："孩子是你的。他那么小，自己又决定不了自己的事。可不就由你说了算。你可要慎重。"

邹安说："妈，可我是您的。您说了算。"

妈说："我没碰见这样的事。你们生下来的时候，零件都好好的。"

邹安说："妈！连您都讥讽我。我更要让孩子早早把手术做了，成为一个完整的人。"

妈抚摸着邹安的头发说："妈不是那个意思。妈只是想说，这么急着做手术，是为了孩子，还是为了你自己？"

邹安听出了妈的意思，就说："是为了我，但更是为了孩子。我不断地想，如果我小时候是个豁豁嘴，一定希望在我还不懂事的时候，把它治好。等长大以后，疼也忘了，丑也忘了，完全和正常人一样。假如我的父母推卸了这份责任，非要等我长大了，自己做主，看似仁慈，实则残忍。"

妈还不死心，说："你不和他的爸爸商量商量？"

邹安说："这是我制造出的产品，我说了算。"

妈就有点生气了，说："那你还是我造的呢，我说了怎么不算？"

邹安恼羞成怒，说："要是你不给我吃兔子肉，这些事就都没有了！”

她明知兔子和这事没关系，还是要狠狠地说。

妈就再也不答话了。

在等待手术的日子里，邹安焦灼不安。好多次她想跑到医院，抱回自己的孩子。她想对医生说：“我们不做了。我们就这样也挺好。或者等他大些再说吧。”这句话像洪水中的圆木，不停地在思绪中翻滚，直到在睡梦中都流利地说了出来。

妈赶忙爬起来说：“我的儿！你终于想通了，这多好。我们天一亮就到医院去，把孩子抱回来。”

邹安揉着眼，面无表情地说：“刚才的话不算数。”

妈就噎在那里，觉得自己的脖子立时长出一个包。

终于到了手术的日子。邹安早上穿了自己最好的衣服，到医院里去。为了什么要穿漂亮的衣服呢？儿子还认识妈妈吗？是不是要在孩子的眼里留下最好的模样？她想了半天，才模模糊糊地觉得自己是胆怯了。女人在胆怯的时候，要么借助食物，要么借助衣物，才觉得自己有所依傍。

妈妈说：“我跟你一块儿去吧？”

邹安顽强地说：“不用。这是一个很小的手术。”其实她的心里太渴望妈妈和自己一道去了。只要妈妈再坚持一下，她就答应妈妈同去。但是妈妈再没说什么。邹安等了一会儿，见妈妈不会有新的言语了，就毅然决然地出了门。在出门的一刹那，她突然明白了：其实妈妈的心里也害怕医院里漫长的等待。

当邹安真的站在医院里的时候，心情反倒平静了。许多重病的人都生机勃勃地活着，她的小儿子一定会被修补得天衣无缝。到那时候，她一定全心全意地爱他。

她看到秃顶医生，真想对他说点什么。说什么呢？无非是“拜托了，您多辛苦”这类的话，她觉得很俗套。但是不说这些，又说什么呢？她还没来得及想出得体的措辞，秃顶医生就先开了口：“看看你的儿子吧。看比你自己带的时候是胖了还是瘦了？”

邹安赶紧说：“在您这儿，我很放心。”

秃顶医生面无表情地让护士把孩子抱过来。几天不见，孩子好像长大了，除了他的嘴，实在是个英俊的男孩。邹安突然对他充满了怜爱之情，紧抱在胸前。感觉到他小小的心脏，像一面小鼓，快速而匀称地跳动着……

那个孩子哭了，不安地挣扎着，向四处寻觅……邹安一下有些慌，虽然她以前不是常抱孩子，但小家伙跟她还是挺熟的。这是怎么了？

护士接过去，孩子就好了。

医生满意地说：“这就好了。我们在手术前，都要做这样一次试验。要是孩子还舍不得妈妈，手术就得推迟。现在很好，我们可以开始了。”

邹安最后看到她的孩子，小家伙已经被冬眠了，宁静地躺在手术车上，就要进入手术室。他是那么的小，躺在漂白的手术单子下面，像一本折皱的书。护士轻快地推动着，好像那是一辆空车。

邹安目送着车，她看到那个小小的人儿，很香甜地咀嚼了一下。而且那笑容像春天的一只小鸭子，调皮地浮动在婴儿的脸上。

邹安一会儿坐下一会儿站起。医院手术室外的座椅，被无数亲人的肌肤，磨出油亮的木纹。邹安想，这些椅子将来就是朽了，被人捡去当柴烧，火焰都得是黑色的。

她看过许多这方面手术的书，因此可以穿透墙壁看到里面的情景。

他们给他施行全身麻醉……他们切开皮肤……他们用头发做的丝线开始一层层细密地缝合豁口……他们……

真是无比痛苦的煎熬。邹安觉得自己的双肩像乘坐翻滚过山车一样，被坚硬的钢箍扣死。心脏想冲破皮肤，在光天化日下跳动。流动的血变成了渣滓，晦涩地贴在咽喉。眼球变大，身体温度不断地升高……

随着时间的推移，邹安渐渐麻木下来。她知道手术就要结束了，可怕的过程已走到尽头。

邹安对自己说，等儿子长成翩翩美少年时，我一定要告诉他，今天心灵受到的折磨。

一个护士急匆匆地跑出来，说："谁是邹安子的母亲？"

邹安一时没听明白，愣了一下才反应过来。

当初孩子住院的时候，登记处问，这孩子叫什么名字？邹安说："还没有给他起大名呢。等手术成功了，起个好名字。"

登记处说，那也得有个名字啊，不然怎么写病历？

于是邹安慌忙站起来，说："我就是。"

护士说："快进去看看你的孩子吧。"

邹安说："手术成功了？"

护士说："手术倒是成功了，只是孩子不行了。麻醉太深了，孩子醒不过来了。"

这一次，邹安没晕倒。她梦幻一般地跟着护士进了洁白的手术室，轻盈地仿佛在太空中穿行。

她的小儿子宁静地躺在手术床上，无声无息，像一半已融化成水的雪花。

他的脸出奇地完美，父母双方的优点全显现出来了。尤其是他的嘴唇，修补得天衣无缝，曲线柔和得如同沙漠上最优美的沙丘。

一座白沙丘。

（全文完）